痒

庄涤坤 于一爽 主编

新星出版社 NEW STAR PRESS

目录

/主编寄语/庄涤坤　　1

陈希我	女人·献祭·打屁股	1
郭　佳	挖掘机——国产的钢铁老头专治城市瘙痒	17
黛　琪	十五国风：诗经时代的性与爱	26
孙　睿	痒了你才正常	40
曹　寇	一段屎化史	43
瘦　猪	我没羞没臊地回来了	59
庄涤坤	红岩或者赤壁	70
李亦燃	不带"身份"混江湖	93
老　猫	一九八六年的"群"	106
翟延平	劳伦斯："性"轴心的世界	116

杨　斌	政治生活的蛊及其法制化	128
盛可以	乡村悲剧	137
任晓雯	冬天里	153
郑小驴	痒	181
于一爽	昨日重现	193
兰若斯	长河落日缘	208

/访谈/殷罗毕　沈浩波、巫昂、吕约：诗人不能写诗养活
　　　　自己的时代，是诗歌最好的时代　　　　223

主编寄语

庄涤坤

大概每个人都有心痒痒得直蹭炕沿儿的时候，抱着被子翻来覆去，狠命抽烟，挠墙，像白蚁一样啃自己的指甲，为了心底那点微不足道又难以实现的小愿望。那些源源不断的梦啊，怎么就这么难以启齿呢？

心痒难挠，无论你怎样痛苦，怎样寂寞，怎样去排解，可心上那块难以触及的地方，还是在痒啊。时间，是一辆在直线上奔向死路的列车，不能回头，不能减速，下一班车里也不会再有你，你只能借助回忆，向走过的路张望，带着浑身的痒一路驰过去了。它像一盏完全不同、风姿绰约的路灯，在脑海里驻扎下来。

在一排排或明或暗的窗口里，躲着的都是"痒"患者。

你不是不知足，你只是想说，如果那样，该多好。毕竟只能想想，你依然得像个正常人那样活着，活下去。只是，每个人都知道自己像个拉在裤子里的孩子那样不好意思说出口地难受着，都不想说"寡人有疾"——我心里藏着一个小愿望。

民族，作为一个个人的聚合体，以同样的速度和我们在同一根时间轴上移动着，虽然这群人和那群人总有些同床异梦，虽然历史总有些周而复始，虽然即使男人们严肃起长大了的脸来坐到"民族"这个桌上谈事儿，依然有些共同的既禁忌又渴望的心思藏在桌子底下，就像他们的腿上长了同一块湿疹，各自挠着。

不是不想啊，可是他们长大了，大得畏首畏尾，大得左顾右盼，可无论再大，也大不掉那一点痴心妄想，一个人的时候，喝醉酒的时候，那些共同的绚丽的梦，就像小虫子一样从心底拱出来，挠你、怂恿你、吞噬你。这，也是活着的最后一点小意思了。

这些隐秘的小愿望，或明或暗、或悲或喜、或善或恶，就像陈希我笔下围观打屁股的观众极度的狂喜，或者黛琪读出的十五国风里女性的豪放，更直白的是青春不在后对童年时光的津津乐道，你会发现狗子、老猫和黄燎原依然这么天各一方地怀念着青春年少时的那群人，那时的自己。"痒"就是你认命了，强迫自己去相信那不可能，但又于心不甘，只好就像何勇唱的那样：要我冬眠，闭不上眼。

痒，是这个时代的一块心病，是这个时代心理底色上的一层，形形色色的人，在酒足饭饱之后，畅谈自己本不应该像现在这样，而是在另外一方面，拥有着怎样的天赋和梦想。甚至有人开始以这样的故事来教导大家：一位高僧得道了，有居士问他："得道之前您做什么呢？"高僧说："挑水、砍柴。"居士又问："得道之后呢？"高僧说："挑水、砍柴。"居士疑惑了："那有什么不同？"高僧说："得道前，挑水的时候想着砍柴，砍柴的时候想着挑水。得道之后，挑水就是挑水，砍柴就是砍柴。"

这个故事似乎要教导我们，专注于眼前，你已经做出了最好的选择，不要再三心二意。这个道理又怎么能难以理解呢？只是，我们相信，这个世界对于我们还可以更好一些。

或许，你和我们一样，开始明目张胆地相信，开始理所当然地置疑，不那么淡定、不那么成熟地走出来说"这个世界缺了一块什么。"这，已是一个伟大进步的开始。

女人·献祭·打屁股

陈希我

一

大江健三郎有篇小说，叫《人羊》，写的是"战后"作为占领军的美国士兵打日本人屁股的事。在公交车上，一个日本人无意间得罪了一个美军士兵的情妇，被这个美军士兵强行扒下裤子，强迫弯腰撅臀，打屁股，一边还欢唱着："打羊，打羊！"最后车上另几位无辜的乘客也被拉进"羊"的行列，连司机也未能幸免。

作为占领军，那美国士兵也许并无闲情去研究日本文化，他只是以己推人，从自己的民族心理出发，觉得打屁股是极大的惩罚。确实，在西方早就有鞭笞的传统，英国诗人斯宾文在《弗兰克·芬，一个民谣》里就有描写。在法国，卢梭也曾因冒犯贵族，而遭到贵族仆人的公开鞭打。在俄罗斯，《静静的顿河》里多次写到了哥萨克的鞭笞行为：布尔什维克在顿河失势后，一些曾经与布尔什维克有过亲密接触的哥萨克，遭到了公开的鞭笞。他们挨个被按倒在条凳上，脱掉裤子，两手反绑，惩罚者一个骑在他们的身上，另两个一左一右，用柳条抽打他们的屁股，一连打折了几根柳条，有的挨打者还被打出屎来。在高尔基的《我的大学》里，也详细记述了萨沙和"我"遭受外祖父鞭打的情景："萨沙站起来，解开裤子，脱到膝盖，弯着腰，两手提着裤子，磕磕绊绊地向板凳走去……只见萨沙乖乖地在长凳上趴下，万卡把他的胳肢窝捆到凳上，再用一条宽毛巾绑住他的脖子，然后俯下身子，用两只黑漆漆的手紧紧抓住萨沙的脚脖子……这一次树条一落下，光身子顿时就像被火烙了似地鼓胀起一条红鲜鲜的道道，表哥放声哀号起来。"甚至到了现代社会，这种情形仍在继续，1940年被送进纳粹集中营的波兰人维斯拉夫·基拉尔，在回忆录中就写到了集中营里的鞭笞情景。

在那个"打羊"的执行者、那个美国占领军的祖国，臀鞭也曾经十分流行，比如对黑奴的鞭打。当然这不仅针对黑奴，黑奴以外的人也会遭受到。海明威就回忆过自己曾经遭受鞭打的惩罚。无疑，无论哪个阶级，哪个国家，这种惩罚对于人都是极大的伤害，当然也包括日本了。

只不过，日本习惯上用的是杖。这是中国"四大发明"之外的发明，据说日本的拷打起源于中国。唐以后，日本就取法唐律，也包括拷打制度。《唐律》云："拷囚不得过三度"，日本《法曹至要抄》也规定："拷囚不得过三度，杖数总不得过二百，杖罪以下不得过所犯之数"。中国人很信仰"板子头上出状元"，"治家犹如治国"，"家之有规犹如国之有典也，国有典则赏罚以饬臣民，家有规寓劝惩以训弟子，其事殊，其理一也。"于是杖笞也成了官府不可缺少的审判手段。

杖笞是有一套程式的：判决、趴伏、去衣、责打、记数、止杖。在这程式和规矩中，被杖者唯有服从、承受；而杖者可以随心所欲，无论是打还是不打。打是体现我的权力，不打也是体现我的权力。当然这有权力者，不是打手，而是掌握权力的统治者。打手只是被借用的手而已，不要弄错了，一旦打手乱用自己的权力"恨棒打人"，也有可能被打，只能悄然弄些手脚。可见杖笞亦是等级森严的，于是官才成为官，民才成为民，打手才成为打手。《醒世姻缘传》里的晁源老父就很明白这道理，做官了，"从此以后，再要出去坐了明轿，四抬四绰的轩昂，在衙门里上了公座，说声打，人就躺在地下，说声罚，人就照数送将入来。"于是即使是造反者李逵，闯进衙门过官瘾，也首先想到将告状者杖笞一顿。

凭实论，在刑罚中，杖笞对肉体上的伤害是比较轻的，主要是对精神上的羞辱。受杖笞者一定要俯身，这是灵长类动物最可耻的姿势，表示的是臣服。此时的你，头朝下，手脚反向着地，完全丧失了防卫的能力，看不见攻击的方向，连躲闪也不可能及时，把自己完完全全交给对方了。而棍棒打的又是臀部，这是人体敏感的部位，能激起你的羞耻，有时还被剥去裤子。这一点作为学生的日本人也深得要义。《明律译义》曰："笞者，耻也，乃使人受辱，是为惩戒而设。"

鞭笞的羞辱性,还因为它会召来观众:不是私下里遭到羞辱,而是公开遭到羞辱。这使得打人者的正当性宣言得以扩音,挨打者于是遭受了更大的羞辱。挨打者不仅要挨打,而且是当众挨打,他的屈辱、丑陋,就是双重的了。几乎所有的鞭笞都会招来观看者,而且容易调动起观看者的施虐心态。这时候的观看者和施虐者站在一个立场上,就好像大人管教孩子,大家会站在管教者的大人立场来指责小孩;惩罚罪犯的时候,大家会站在法律的立场同仇敌忾。这样,被打的人就更抬不起头了,他不仅遭到了肉体的痛苦,遭到精神的羞辱,还遭到了道义的否定。观看者都扮演了正义的同道人,他们的喝彩,成了正义的喝彩。这种正义的面目,掩盖了他们阴暗的观虐心态。在英国反对肉刑运动中,人们指出,肉刑会引起旁观者的"虐待狂冲动"。萧伯纳说:"在公开执行的鞭笞中,总是有大批围观者,在这些围观群众中可以发现,看到别人受蹂躏受折磨的情景,观众会表现出一种极度的兴奋和狂喜,即使是平时最有意志力最不爱表露情绪的人也不自觉地流露出这种表情。"当然这里还有窥阴心理。在《男孟母教合三迁》中,众人听说少年瑞郎要挨杖笞,群起围观,要争看受刑者赤裸的臀部。而如果是杖笞女性,更会出现节日般的景象。人们聚集公堂看打,原告甚至会呼朋唤友,组成拉拉队。为了更大程度地羞辱对方,原告还会用钱买通衙役,让衙役使出种种绝招来凌辱受刑女子。比如在县官上堂前,就把罪妇带到堂前看押,甚至迫其早早脱下裤子候打,谓为"凉臀"。如果县官因别的事不能前来开庭,那么这次就等于白露丑了,下次还得再遭羞辱。而有的看客还不甘心只当个看客,他们寻衅闹事,在哄乱中扯走妇女的鞋裤传看,行刑完了,还不让对方穿上裤子,而是将她拉到门前大街上,称为"卖肉"。

对统治者来说,将罪犯当众鞭打示众,也有着惩戒公众的意图。在统治者看来,所有的民众都是潜在的罪犯,应该被警告。然而却出现了预料之外的情形:这些本来被陪绑警告的人们,却也站在了行刑者的一边。也许他们实际上已经看到了自己的命运,但不愿承认;也许是因为意识到命中注定,绝望了,而索性不承认。他们反而要成为行刑者,因为这样,这苦难就不是自己的了,而是别人的了,自己的命运就仿佛得救了。鲁迅笔下多次出现这样的看客,留受刑者孤独一人。当然阿Q的做法也很聪明,"以其人之道,还治其人之身",唱:"手执钢鞭将你打!"

不要说这是妄想。福柯有段话:"如果人群聚集在断头台的四周,那么就不仅仅是目睹罪犯的痛苦或激起对执行者的愤慨,他们还听见罪犯对法官、法律、政府和宗教的诅咒。死刑的公开执行允许这些短暂的恣情狂欢的放纵,这时既无禁律又无惩罚。在死到临头的庇护下,罪犯可以无话不说,而观众则是群情振奋……在这些唯一应当表现国王令人恐怖的权力的死刑执行里,却有一个统治被推翻、权力被嘲弄、罪犯成英雄的盛大狂欢场面。"

其实,谁又能逃避脱打的命运呢?西班牙人伊本纳兹在他的《中国游记》中这样记载:"在五千年间,那些硬的竹板,是中国的真正权威者。那魔术的板子,强迫人们服从道德规律,从而运转国家的机轮。中国人中,唯一不会挨打的人,只是天子。此外,即使是尊贵的大员或亲信的宠臣,在皇帝的命令之下,也不免挨一二十下板子,以赎他们的过失。挨打之后,等皇帝同情他们的时候,他们仍可恢复旧职。一个中国人,从儿时开始,已被父母打惯了,所以一生中被人打几次，谁也不以为耻。"

但其实，即使是皇帝老子，一旦你被推翻下台，也会被打。于是这种对挨打的平心静气，就成了必然。不是麻木，是无耻。无耻，因而坚韧，因而无敌。真正的强者也并不是板子，而是经得起被板子打的千锤百炼的屁股。

二

不仅胜者打败者，上级打下级，长辈打晚辈，还有丈夫打老婆，男人打女人。尼采有句名言："要去见女人吗？请带上你的鞭子！"

男人歧视女人，已经不是什么秘密。这种歧视遍及许多国家，不只是中国的特产。诡异的是，女人似乎也乐于接受男人的鞭打。在俄罗斯，女人们认为要成为幸福的妻子和健康的母亲，鞭打是必不可少的，一个不被丈夫鞭打的女人会认为丈夫不喜欢她。有的地方还把鞭打与生育联系起来，比如罗马的"牧神节"，已婚妇女和姑娘脱光衣服奔跑，后面有人用狗皮鞭抽打她们的臀部，据说这样才能保证生育能力强，容易生孩子。在欧洲的某些地区，"万圣节"前夕，女人和侍女乃至家里的雌性动物，都要裸露出她们的私处，让男人鞭打，也是为了增强生育能力。这种能力，是男人通过鞭子给予的，男人通过给予，也显示了自己的尊严和力量。

当然中国的情形更加典型，中国人有更强烈的"男尊女卑"观念。女人为什么"卑"？因为其"弱"。女人是弱者，肩不能扛，手不能提，这在生产力不发达的年代，是重大的问题。因为其"弱"，所以遭到嫌弃，可以随意糟践，所以也就"贱"了。最典型的"贱"

就是被男人压在身子底下，这简直是屈辱，所以女人又遭到男人的贱看。男人喜欢拿女人取笑，作践一个男人，就说他像女人。惩罚一个男人，莫过于将他变成女人。把割除男人的生殖器称为"阉割"，其贬低的含义十分明显。还有将之称为"去势"的，明显把男性生殖器跟"势"联系在一起。

女人的许多东西都是让人忌讳的"秽物"，比如经血，比如生过孩子的身体，甚至女人的身份。传统的一些祭祀活动，是不能有女人在场的。这里有"女人祸水"的潜台词，对女人，必须闪避和警惕。中国历史上的英雄豪杰，都是不近女色的。刘备视兄弟为手足，视妻子为衣服。曹操曾赐关羽十个美女，关羽毫不动心。武松更是不为潘金莲所动，还把她给开膛了，还杀了歌声美妙的歌女玉兰。梁山上的好汉大多打光棍，视女色为粪土，只有个别的如矮脚虎王英，就每每闹出笑话来，所以宋江说："但凡好汉犯了'溜骨髓'三个字的，好生惹人耻笑"，"要贪女色，不是好汉的勾当"。尧舜、汤武、孔子、孟子，这些圣君、圣人都不好色，而亡国之君、叛乱之臣，则往往是好色之徒。夏桀有妹喜，殷纣有妲己，周幽王有褒姒，隋炀帝、陈后主，皆宠姬无数，宋徽宗有李师师，更不用说著名的唐明皇了，不爱江山爱美人，导致国家危亡。有意思的是，一些对李安《色·戒》的阐释，也是建立在这样的话语系统之上的。色戒，被理解成"戒色"，或者女人用"色"开了"杀戒"。男人因为好色，险些犯"戒"，送了性命。

但是，女人最大的危害，是在战争时期。非但不能有助于家国，而且还是负担。男人可以打仗，即使逃亡也利索；即使被抓，无非当苦役；即使死，也无非一条命，撒手罢了。但是女人不一样，女人被抓,要被奸污。女人被玷污,固然是女人的耻辱,更是男人的耻辱。女人被玷污,是整个家族、国家被玷污。男人把荣誉押在女人身上,女人必须为此负责。死倒成了一种造化,因为还有比生命更重要的贞操。所以好女人就赶在被玷污前快快结果了自己的性命。男人感激她,视她为"烈妇"。但是女人既弱,就意味着她往往无法掌握自己的命运,在还没有来得及自决时,就被抓获,被玷污。被玷污了以后再去死,已经迟了。但男人还是希望把这耻辱抹去。电影《火烧圆明园》里,那个被外族军人奸污的女人要跳井,一个老者喊大家:"不要拦她,让她死了干净!死了干净!"

作为弱者的女人,居然要承担如此的重任!作为强者的男人都不能守住的,却要女人来守,这不能不说是极大的荒谬。男人垮下去了,却要女人高举着牌坊。男人无能,拿女人作祭品。而对敌人,这祭品却是美食佳肴,不仅轻巧得到,而且味道鲜美。要征服对方,就征服对方的女人。无论在中国,还是在阿拉伯世界,女人都是对方首要的泄愤对象。男人泄愤了,胜利了,独留女人在失败之中。

不仅如此,男人还让女人自身承担责任。男人从自身的视角,断定女人被强奸是会产生快感的,即使开始没有快感,后来也会产生快感。所谓"到女人心里的路通过阴道",所谓"一切的强奸都是顺奸",至少也是苍蝇不叮无缝的蛋,总之是你"淫"。在这种判断下,女人如果再获得了什么好处,就更是"卖"了,更是不知羞耻、不可饶恕。所以我们可以理解,郑苹如在万宜坊88号的街坊邻居为什么认为她"品行不端",说她是个"交际花"。所以我们也可以理解,电影《色·戒》播出后,郑苹如的幺妹为什么那般痛哭流涕地为姐姐辩解,说姐姐不是那样的人,是"很单纯的",父亲一直对姐姐

"管得非常严"。那么,她怎么成了交际花了?是组织让她成为交际花的。是祖国让她献出去挨打的,但是后来却又被祖国打。

但实际上,恰恰是《色·戒》,为郑苹如洗了污名。洗污的手段是亮出"大义"。在许多描写交际花、妓女的作品中,那些不名誉的女人,往往被文人赋予了知"大义"的品质。比如《羊脂球》和《桃花扇》,"羊脂球"和李香君因为知国家兴亡之"大义",比男人还可取,不名誉因知"大义"而洗刷。而在《杜十娘》、《茶花女》等一些作品中,这种"大义"则是对爱和情感的坚守。在许多文人笔下,妓女简直就是精神生活的救赎。这里有个叙事上的策略:为什么偏要选交际花或妓女?为什么不选良家妇女或普通女性?秘密在于落差。因为交际花或妓女地位更卑下,所以更具有弹跳力,升华就能更加显著。因为交际花或妓女往往被认为龌龊,所以更能衬托出洗污后的光辉。跟杜十娘相比,郑苹如的"大义"更是崇高——爱国;跟"羊脂球"相比,郑苹如的行义更决绝——她是迎辱而上,她是主动的,自己选择进入交际圈、搜探情报、刺杀汉奸。这使她的头上更可能被戴上一圈光环。

但是且慢,这光环还没戴上,目前只有危险。作为志士,他们必然都在冒险。比如领导郑苹如的抗日情报地下组织负责人陈宝骅,别人安安逸逸地在家吃饭睡觉、过小日子,他却提着脑袋,随时会遭受危险。他们选择了与人的本性和世俗生存观相背的道路。人的本性与世俗观念是趋利避害、贪生怕死,他们却选择了艰苦和死亡。为什么这样选择?因为他们心中有更崇高的目的,就是信仰。那个南京派来的特工更是如此,被对方"杀了老婆",还要跟他"隔着桌子吃饭",还不肯尽快杀了对方,因为要"忠于党、忠于领袖、忠于国家"，完成崇高的使命，总之是为了他的信仰，自愿挨打——一个愿打，一个愿挨。

信仰这概念源自宗教，实现信仰的手段就是受难。用受难获得天堂里的价值，从而接近神。在基督教的"鞭笞教派"那里，忏悔者脱光上衣，唱圣歌，诵赞美诗，然后接受鞭笞，他们被打得体无完肤，但是内心却进入了狂喜的状态。卑贱，压低了他们向上升华的弹簧。不仅如此，这种受难还必须是自己主动的需要。在早期的使徒中，他们常会直接拿鞭子抽打自己。比如圣弗朗西斯，就常常自己鞭笞自己，传教士舍纽特常常一周只进一次餐，还把自己吊在十字架上一星期。这些代表着受虐的"自觉"。陀思妥耶夫斯基视苦役为天赐，他说：人的自我惩罚的需要，正如人的自我牺牲的需要一样，乃是源于人活在世上不能没有某种可以使生命具有意义的精神支撑。他相信："谁都会像一棵枯萎的小草一样渴求信仰"。

从某种意义上说，志士们也是这样的圣徒。《钢铁是怎样炼成的》里的保尔·柯察金，喜欢以惩罚性的行为来磨炼自己。他遭受了种种苦难，伤寒、瘫痪、失明，乃至死亡，反而从中获得了灵魂升华的价值。他抛弃了美丽的冬妮亚，觉得她"酸臭"，他甚至拒绝他的同志丽达，因为她可能会使他陷入家庭生活的安乐窝，他对母亲说："妈妈，我发过誓，在我们没有把全世界的资产阶级肃清以前，我是不找姑娘的。"他的躯体已经完全拒绝了世俗。正如齐泽克所说，是"超越了普通生理躯体的崇高躯体"。对于圣徒来说，人的肉体乃是灵魂的牢笼，而生存的目的就是突破这一牢笼，进入纯粹的精神生命之中。

三

对圣徒来说,不能忍受苦难,就不能成圣。危险算什么?最能接近神圣的恰是被捕、遭受酷刑。伤痕是志士的"神圣之花"。这朵花恰是敌方献给的,就好像萨德笔下的施虐者献给鞠斯汀娜的鞭痕一样。《色·戒》中的那些志士,一定早料到了会戴上这花的,甚至他们是冲着这花而去的,越是遭受酷刑,这"神圣之花"就越是戴定了。他们骄傲,骄傲的指数,与他们受戕害的程度成正比。但是且打住,这不是绝对的,假如受刑者是女性。

本来,女性比男性弱,她(们)要付出更大的代价,也因此她(们)比男志士更拥有成圣的资本。但这是更加冒险的,险是因为"性"。女志士最惨烈的受难,就是"性"侵害。"性"侵害又会造成对女志士的玷污,这是要命的。如果被"性"玷污了,虽然她是为了崇高事业,但也是"脏"了。所以关于女志士受刑的叙述,往往尽量淡化她遭受的"性"摧残。但是郑苹如的武器,却偏偏是"性"。虽然她本来是个大学生,上海法政大学一年级的学生。她是为了收集情报,为了爱国"大义"才去当交际花的。但她毕竟是当了交际花了,而且涉及了"性"。电影《色·戒》里有这么一个情节:王佳芝为了拥有性经验,去跟一个有性经验的花花公子发生性事。虽然是为了磨砺"性"武器,但仍是极具冒渎意味的一笔。本来,创作者应当把这一笔含糊敷衍过去的,观众一般也不会去探究:一个没有性经验的女孩,如何勾引得了对手,具不具备逻辑上的合理性?现在让这一点凸显出来了,也因此凸显了王佳芝行动的"性"性质。那个男人并不是她的男友,她不爱他,她接受了他的玷污,这是她的一次受污。

然后她再将自己送给另一个同样不爱、还恨的男人，是二次受污。这个冒险是巨大的，很可能就成为纯粹的抹黑了，行事者需要紧张把持。当然我们可以从她的崇高动机来理解她、宽赦她，但是我们难有这种宽容。即使我们想，我们也难以说服自己。在她牺牲后的那么长时间里，她默默无闻，鲜为人知。同样为国捐躯的她的弟弟郑海澄和她的未婚夫王汉勋，名字都镌刻在南京航空烈士公墓纪念碑上。而直到现在，上海才拟在福寿园内建立郑苹如雕塑和墓碑。其中是否有特殊的原因？要是没有电影《色·戒》，恐怕这雕塑和墓碑还不会建。从某种意义上说，正是因为电影"泼污"，才因此给予"洗污"的可能，郑苹如才得以浮出水面。

事实确实是，郑苹如自始至终都要杀丁默邨的，她把持住了。但是张爱玲却没有为王佳芝把持住，让她最后爱上了汉奸。这是彻底的完了，彻底污黑了，一败涂地，万劫不复。所以当郑苹如家属认为这是影射郑苹如时，才那么气愤。郑苹如的侄儿郑国基挖苦说："是张爱玲她自己爱上了胡兰成！"

张爱玲爱上胡兰成是事实。这事历来被人们所诟病。但是没有资料证明张爱玲倾慕于胡兰成所干的汉奸事。她爱上胡兰成，并不因为他是汉奸，而因为他是个男人。是一个女人爱上了一个男人。爱本身并没有错，错的是爱的对象。这个男人错了，错的是胡兰成的爱情操守，而不是他的政治操守。政治操守跟爱情操守未必是一回事，政治操守不好的人，可能爱情操守并不坏，比如汪精卫，他是极少数不包"二奶"的高官。不幸的是，张爱玲碰到的是政治操守和爱情操守都不好的人。

据陈子善回忆，郑苹如刺杀丁默邨时，张爱玲并不在上海，而远在香港。她是后来从上海的各种小报里知道这事的。当然知晓的来源也很复杂，胡兰成也告诉过她，是一个施美人计的故事；好友宋淇夫妇也曾向她讲述过郑苹如等年轻人组织暗杀团的事。这并不重要，重要的是张爱玲对这事非常感兴趣。为什么感兴趣？她感兴趣的点在哪里？我们看到了不久后写出的小说《色·戒》。作为长期的阅读者，作为写作者，我很知道，在传统小说中，作者的意图往往是随着故事展示开来的，情节的归宿往往就是主旨。《色·戒》的结局就是"爱"。张爱玲感兴趣的是"爱"！

这与其说是爱，毋宁说是"献祭"。王佳芝这么做，明显会把自己推到名誉的万劫不复和生命的万劫不复。她为什么要这么做？当然可以解释为她被"爱"冲昏了理智，女人是"爱"的动物，张爱玲自己就是一个活标本，与胡兰成的一场爱，她成了爱的祭品。但是从常理上说，人是会总结教训的，张爱玲在现实中错爱了，为什么还要在写作中坚持爱？她又是极聪明的女人，从她的作品中，可以感受到她对人情世故极其深刻的了解。那么她为什么还要主人公这么做？也许可以解释为，她不能不这么写。作家创作的主观意愿跟客观呈现有时是矛盾的。她只能叹息。这是女人的宿命。

女人的命运是什么？马克斯·韦伯说："两性关系是一种支配和从属的关系。"凯特·米莉特在她的《性的政治》中分析："我们的军队、工业、技术、高等教育、科学、政治机构、财政，一句话，这个社会所有通向权力（包括警察这一强制性权力）的途径，全都掌握在男人手里。明白这一点非常重要，因为政治的本质就是权力。甚至那些超自然的权力——神权或'上帝'的权力，连同它有关部门的伦理观和价值观，以及我们文化中的哲学和艺术——或者，就像T.S.艾略特曾经评说过的那样：文明本身，都是男人一手创造的。"

这种创造，让男人"将自己树立为人的典范"，这也就为他们为什么有权压迫女人，女人为什么必须终生承受压迫找到了理由。"男性秩序的力量体现在他无需为自己辩解这一事实上"。于是，当尼采说出"要去见女人吗？请带上你的鞭子"时，虽然我们会感觉极端，但是潜意识里，我们还是有点儿认同。我们认同了这种"暴力"。霭理士在他的《性心理学》中发现：这种"暴力"，在使用的刑具上也得以体现，"鞭棍一类的名词往往也就是阳具的称号"，"人们都熟知马鞭、手杖、长矛以及类似物都是阳具的象征；但是马鞭更具有阳具的最显著的一个特征，即其延展性，其象征意义就更确凿无疑了。"在汉语中，"鞭"也有雄性生殖器的义项，诸如"鹿鞭"、"虎鞭"之类。

当然压迫并不只体现在诉诸"暴力"。正如汉纳·阿伦特所说的，统治由两种权力维系。第一种权力来自公众对该权力的认同，第二种权力是通过暴力强加的。如果统治形式努力通过自我调节以符合某一意识形态，它就属前一类。性的政治获得认同，是通过使男女两性在气质、角色和地位诸方面的"社会化"，以适应基本的男权制惯例。不仅是男人，女人也接受了这种模式，她们也觉得自己卑贱，她们也在某种程度上"制造"了她所遭受的象征暴力。布尔迪厄提出了"象征暴力"这一概念。所谓"象征"，是指能被那些懂得规约的人所理解，就好像军服上的军衔条纹。女人读懂了它，认可了它，服从了它。

作为女人，张爱玲对女人的命运有着深刻的体验和洞察。女志士者虽然是志士，但她归根结底是女人。女人只有通过奉献来立身，通过献祭来升华。作为人妻，她必须遭受压迫和攻击。作为人母，她要用自己的身体来孕育子女的身体。作为主妇，她必须比男人更长时间地操劳，而且往往功劳甚微。即使让她跟男人同等权利，走上工作岗位，她也会比男人遭受更严重的生理摧残。男人破了女人身，觉得是自己的力量。女人爱男人，把身子给了男人，最终换来的是男人的贱视。张爱玲很清楚这一点，她曾经在胡兰成面前，"变得很低很低，低到尘埃里"，但她越低，他就越"端然地接受"。你越爱他，就越娇惯了他。更可悲的是，这种娇惯最终还会导致他的习惯，他的麻木，"没有神魂颠倒"。但是女人不这么做，还能怎么做？也许她可以用诡计，但是用诡计的"爱"，是"爱"吗？

我们不妨设想，假如郑苹如没有被杀，假如丁默邨原谅了她，她更成了丁的女人，那她就更不能洗污了。假如她断然离开丁默邨，离开了后又能怎样？她能扛枪？她能行军？她的价值就是性别。当初就是因为性别，她才被看上的。当然她可以不干了，熬到抗战胜利，嫁给王汉勋。但是她仍然必须为人妻，为人母，仍然必须把自己献出去。当然她也可以选择不嫁不育，也可以不爱，那么她就会被社会看作非女人。她只能接受女人这个身份，承受女人这种命运。

1946年，张爱玲去温州看胡兰成，是知道胡兰成已被通缉的。她仍然追随他，一定清楚这是走向深渊，但她还是去了。但发现胡兰成已另有新欢，她只得黯然离去。那个背影一定是苍凉的。刘再复在评论张爱玲时说："张爱玲对世界是悲观的，对文明是悲观的，对人生是悲观的。现实中的一切实有，成功与失败，光荣与屈辱，到头来都将化作虚无与死亡，唯死亡与虚无乃是实有。张爱玲的作品具有很浓的苍凉感，而其苍凉感的内涵又很独特，其独特的意义就是对文明与人性的悲观。这种悲观的理由是她实际上发现人的一种悲剧性怪圈：人为了摆脱荒芜而造文明，但被文明刺激出来的欲望又使人走向荒野。人在拼命争取自由，但总是得不到自由。他们不仅是世界的人质也是自身欲望的人质，说到底只是'屏风上的鸟'、'被钉死的蝴蝶'，想象中的飞翔毕竟是虚假的，唯有被囚禁和死亡才是真实的。"

人不自由，女人更不自由。张爱玲把自己囚禁起来了，在写作中几近死亡。《色·戒》写于1950年，但是到1978年，张爱玲才将它收入《惘然记》出版，已过去了近三十年。据作家沈寂说，当时胡兰成刚在台湾出版了《今生今世》。"张爱玲将自己的感情投射在这篇小说里。之前一直不发表，是她对胡兰成还抱有希望。"

我们可以想象，这近三十年间，张爱玲是在怎样的一次次写作和修改中舔着伤口。这种舔，甚至变成了咀嚼。这种咀嚼不是产生快感，而是以"痛感"为"快感"。不错，她曾经清醒地拒绝了胡兰成的回心转意，但是她不可能拒绝爱。作为女人，她需要爱。既然需要，就认了爱这种"痛"。她只能把自己献出去。这才是"色·戒"的真正涵义：男人好色，女人被"戒"；女人需要"爱"，就戴上了"戒"，就被套住了，听从了"爱"的驱使，任自己坠入痛苦的深渊。也许久而久之，这痛苦本身就是快乐了，福柯就把虐恋本身看作一种"快乐"，而不是受难。

其实，王佳芝在老吴要她坚持忍受下去时所做的申诉——"他要像蛇一样往我心里钻"，似乎就已有着警告的成分。颇有意味的是，不是钻到身体里，而是钻到了心里。

挖掘机——
国产的钢铁老头专治城市瘙痒

郭佳

随着"都市化"的冲刷和侵入,老北京正在成为一个"先前存在"(pre-existing)。城市在发痒,隆隆作响的钢铁痒痒挠正在横扫一切。这场城市大重构的核心是否只是对城市劳动力市场的重塑?城市的居民是否拥有原住权?谁拥有为一个部落导航的能力?

超级导语

类比之一：

寓言这个文体正在灭绝，好比抒情诗。现如今，在各种规模的饭局，在人头鬼脸飘来荡去的酒吧，在瓢白膛紫的喷子们扎堆的趴屉，你敢说"抒情诗"三字？宋小宝讲话：你个臭不要脸的！跟那些同文化人叫板的文化人，或者不承认自己是小清新的小清新，以及痛恨愤青的愤青本人，以及动辄给人贴上大拧巴的满拧们，你也不能提寓言俩字，因为寓言在他们那里等同于《读者文摘》，温情脉脉的东西那是，是和规训和惩戒有关的么什子那是。这还了得？

之所以跑题，是要切题——《寓林折枝》中有这么一说：昔人有痒。令其子索之，三索而三弗中；令其妻索之，五索而五弗中也。其人怒曰："妻、子内我者，而胡难我？"乃自引手。一搔而痒绝。何则？痒者，人之所自知也，自知而搔。宁弗中乎！

这个寓言的中心思想是：他山之石不可以做痒痒挠，有时候要削自己的把儿还真得自己的刀。道理很简单，别人搔痒，不是不得要领，就是下不去手。这么说吧，八国联军顺走了圆明园的兽首，猴头猪头什么的，却顺不走崇文门楼子，却拆不了西四牌楼，谁拆了它谁自己知道，女诗人的丈夫跟哪儿哭也没用。所谓夕阳渐沉，所谓凄入秋心，不要螳臂挡车，不要有不合时宜的忧伤。革命总是要死人的，以后我们当中无论死了谁，大家都要集体痛哭，哭腔里要掺入心碎的声音，以寄托我们的哀思。地安门要复建这事儿你知道么？

类比之二：

痒痒挠儿也叫"不求人"，又叫"老头乐"。两个别名一经儿化，更有轻松俏皮的语感。1977年，在曲阜两座战国墓葬中都发现了"痒痒挠"——象牙被雕出了人手形状，拇指竖直，其余四指并拢弯曲，四指指甲平齐。痒痒挠后来登堂入室，叫个如意，取的是"尽如人意"的意思。痒痒挠都有很谨慎的造型，既能抓痒又不会张牙舞爪地造成伤害，既有实用功能又可以是把玩的器物。哦哟，多么完美！这个手掌的延长物不只有工具理性，更被赋予了伦理意义：反掌以自搔兮，君子求诸己。

挖掘机的造型和功能都逼近痒痒挠，差别仅在于作用的对象（或人体、或地表）。这个大工业时代的伟大造物，是工地上的主角，是热得发痒的地皮上的痒痒挠。老头乐的抓、搔、挠，大型工程机械的挖、掘、扒——这些由提手旁引领的动词含义正被逐一改写。

人物之一：

华新民，女，五十五岁，法国籍，散文作家，民间古城保护人士。著有《为了不能失去的故乡——一个蓝眼睛北京人的十年胡同保卫战》。2007年岁末，《新京报》"北京地理"栏目组织的"新地标评选"即将结束。在收到组委会的邀约之后，华新民拒绝参与颁奖典礼，理由是典礼举办地（东城区某酒店）是"超级违章建筑"，组委会最后更换了颁奖举办地，华女士如约前往。

人物之二：

曾一智，女，五十五岁，生于北京，现为《黑龙江日报》资深记者，城市历史建筑保护者。著有《城与人：哈尔滨故事》。2009年国庆之后，曾一智率先向宣武区和东城区文委递交了针对"大吉片"等地段和建筑的文物认定申请。2010年年初，曾女士怀揣北京火车站的行李寄存票，与《新京报》"北京地理"的采编们在寒风中逐条胡同地走访了大吉片。当晚，在同行者的一再催促和家人的拉扯中，曾女士登上了开往哈尔滨的列车。

老北京皮屑引发城市瘙痒？

《新京报》的报道《旧城疏散人口外迁至五区》说，北京将加大旧城人口疏散的力度。这似乎是一项有理有据地城内移民，迁移家庭的居住条件得到改善，旧房的改造或重建必将顺畅进行。这也不免让人想到了"腾退"一词，想到了日渐无根的市民文化。

毫无疑问，随着越来越多"老北京"的迁出，北京城内的人居环境将得到一次透析，只不过这是新北京对老北京的驱逐，是"首善"对"京味儿"的凌驾。"风"是民情，"貌"是外观，合起来才有所谓"古都风貌"。北京"仁儿"都大包小裹地去了郊区，再多几处样板胡同和"假牙古建"又能如何？

再不必假装客观地讨论市内移民的程度以及回迁的比率和效果了，老北京和它代表的一种成规模的生活方式、交往伦理在这些过程中将会流失。到底北京周边的卫星城在多大程度上可以容留这些失散的北京情绪，尚未可知。唯一可以想见的是，胡同、杂院里走出的市民，将在大卖场的打折季里购买家具充实新家，曾经的熟人社会将离散成一个个由防盗门、防护栏隔离的内缩式家庭单元。

老北京是什么？它不同于其他都会的市民气质是什么？保留这样一种生活样态的意义何在？尽管讨论这些问题难免受到"文化守成"

一类的讥讽，但"老北京"是北京城的地方文化叙事主题之一，应该被一而再再而三地"接着说"下去。

这个带有定语功能的名词，指向的是一种地域文化，它经过了长期的社会生活积淀，在这个连续八百年的国都中，形成了有别于周边地域的生活方式、思维方式、性格特征、方言土语、饮食习惯以及艺术品类。消费型城市的属性，使得它从来就不缺少人群的涌入，这使它的"都市性"有了稳定性的保证。一个城市的文化是始终延续的。与北京未来的国际化大都市的发展趋势相一致的是新北京文化，它与老北京文化之间的关系是无法回避的难点，其中涉及继承、淘汰、断裂、替换等各种文化转型现象。

粗放的游牧文化战胜并吸收了老成持重的农耕文化、吴楚文明对燕赵文明的浸润和改造——这些都发生在北京，这些改变已经写入北京的城市基因（成熟的北京传统文化或"京味儿"文化是在晚清时期基本成型的）。老北京文化或"京味儿"文化，是国都气象、皇家格调和市井民俗的综合体，它本质上是前现代的，其中却不乏现代甚至后现代的根苗，比如我们常说的"公民性"、"物权"、"法治"以及"政治冷漠"。

新市民文化价值正在北京形成，但不应该是放逐老北京市民文化的理由。一种文化形态的形成和散失，不必是以取代完成的。诚然，清朝北京和民国北京以及大院割据之后的北京，都在某种程度上改写了北京的市民文化形态，但除了这些文化样式之外，一以贯之的，以其不可替代的原住民情怀吸引容纳并且贯穿诸种新市民价值的，正是经过沉淀、调试的，由老派市民、新派市民、理想市民与城市平民合力构造的市民文化。

北京并非一般意义上的移民城市，它能直接提供的归属感不是它的市民情怀，而是一种同气相求的文化身份认定。但这二者并不矛盾，前者正是后者经过一定时期的"在这里"之后形成的。北京仍然在不间断地吸收各种人群和文化，但这种吸收已经开始缺少"老北京"式的文化自信——四九城还是四九城，方寸已经不再是那个方寸了。世代卜居京城的北京人已经逐渐汇入更繁复的社会环境和生活氛围之中，他们作为一个长期分享共同价值观的群体已经分崩离析。老北京居民随着旧城改造而逐渐分散外迁，在他们身上所承载的传统"京味"文化正被窖藏在丛书和网络论坛里。

动态遗产之痒

梁思成故居引发的热议已经消歇，新一轮的集体怀念正在进行——关于崇文门菜市场和北京游乐园。在崇文门菜市场门口喝北冰洋汽水、在游乐园带着表妹坐过山车……如今80后都有乡愁了，这个八百年的老城却迟迟学不会念旧。

国际上，对于近现代建筑的正式关注起于1986年。在世界遗产委员会的推动下，20世纪遗产保护开始成为全球战略。此后，一些存在仅数十年的城市（法国的勒阿佛尔城市重建从1945年到1964年，形成了勒阿佛尔的行政、商业和文化中心，法国勒阿佛尔是二战后城市规划学指导城市建设的样板）、园林（瑞典的斯库格墓地完工于1940年，被视为现代派建筑学上最重要的杰作之一）、港口码头（比利时中央运河上的船舶升降机构成了19世纪末期保存最完整的工业景观）、铁路（印度的山地铁路）等开始得到关注和保护。

对于近现代建筑的保护，咱们中国其实早就给世界开了个头。早在1961年公布的第一批全国重点文物保护单位（共计一百八十处）名单中，三十三处"革命遗址及革命纪念建筑物"被列为第一类别，且入选单位大多为20世纪文化遗产，特别是建成仅4年的中苏友谊纪念塔(1957年)和建成仅三年的人民英雄纪念碑(1958年)也列入其中……直至2006年《无锡建议》的通过，中国20世纪遗产保护事宜首次进入中国政府的统筹规划。如今正在进行的第三次全国文物普查则是对"20世纪文化遗产"这一观念的实践，"几十年的历史"不再是弃之如敝屣的理由，反而因为它们所承载的社会发展信息成为延续当代史的物证。和文物保护正确的古董相比，20世纪的遗产仍在使用中，可以称之为"动态遗产"。

比如天宁寺的舍利塔和北京第二热电厂的烟囱，前者建于辽代，后者建于1976年，一百八十米高的烟囱与舍利塔极度不协调，几年前对于烟囱拆除与否曾经有过争论。然而拆除并不是知错就改，恢复古塔风貌的同时也会让北京的工业建筑史少了一个耻辱柱。两个造型类似、功能截然不同的建筑一起构成了对照，未尝不是新北京的幽默感。爱美之心，城皆有之，可早干吗去了？

西四家具店、公社大楼、康乐宫、工会大楼、四中校门……上述消失的种种新古董，或是商业业态，或是交通设施，或是政务场所，虽然古董形态迥异，但都携带了城市进化的信息。和人类自身一样，每个建筑物（作为人类的造物）也都有起始和终结，建筑物的起始是人赐予的，但它有权利自然终老。城市不是个"小姑娘"，可以任由它的寄居者随意涂抹，然后"悔其少作"。据某统计结果显示：我国房屋建筑的平均使用年限不到三十年，城市建筑的"短命"来自城市面貌的多变,"令多变"导致短视,短视导致应景,应景导致速朽。

胡同居间者的呵护与挖掘式挠痒

在这个植物神经紊乱的城市中,有一拨"反熵"的人们。这些人在废墟前流连,有时还哭出声来。她们对座山牌楼和垂花门如数家珍,更能一语道破文物保护条例和拆迁法规的漏洞。在与一群又一群"同志"分道扬镳之后,她们还能不念旧恶,在颁奖间隙给他们以祝福。

关于北京旧城保护的文章,如果集结起来,卷数不会比《四库全书》少。当理性的专家意见和多情的民间记忆都打了水漂,在面对即将逝去的城区时,我们往往不知该作何感想。多言何益,唯其言之时也!书斋里的高调可以休矣,伪民粹的假仗义也该收手了。

与其他自以为对旧城保护做出了了不起的推进的"从业者"相比,华新民和曾一智更值得赞赏。出人意料的是,在她们的笔下,旧城不再是一个经由叙述而产生的想象主体,而是条分缕析的、理性十足的(关于存亡的)档案式罗列。不难发现,这是一种借用男权逻辑(理性描述而非温情脉脉的抒发感想)以谋求女性权利(保护、维系家园的完整)的错位话语形式。她们也有激烈的言辞,但不带任何霸权的口吻,而是据理力争的自信使然。

华、曾二位的身份有诸多共性,这虽然不是主动构建的结果,我们却可以从中发现一些端倪。首先是性别,女性身份加外国籍或女性身份加记者成了她们在旧城保护工作中的"护身符"。在非暴力的过程中,最有效的抵抗策略莫过于软弱。其次是一种可以称作"故乡感"

的东西。华与曾都不是绝对的北京土著，但却在出入往返中，对这个城市产生了一种远胜于"认同感"的情绪。二人从事的是"居间人"的工作———由于置身其中，才能感同身受；又由于游离其外，才保证了清醒以及"不以己悲"（不但被开发商攻讦，也被胡同居民误解）。

媒体上关于城市地理的专栏越来越多，"文物保护正确"现在似乎成了共识。在关心文物保护的人士越来越多之际，人们更应当保持一份清醒。文物保护不只是无关痛痒的话语生产，它有着强烈的价值诉求。

关心文物保护的人士也应当分清"胡同居间者"和"胡同掮客"的差别———前者在为城市的肌理担忧，在城市的"老脸"和"新面子"中间调停。华和曾正如同两则雀替，在竖柱和横梁之间承重并且保持着一个框架的平衡；后者（胡同掮客们）在倒卖廉价的乡愁，是城市小资们的一种荷尔蒙散射方式。在温情脉脉的普洱茶茶壶旁边，掮客们互相展示最新的胡同雪景摄影作品，由一位哈苏使用者传授曝光补偿技术。胡同掮客正在和……一道成为最新版的四大俗。

和痴迷于收藏城市故事的"知道分子"相比，这两位美丽的女士是功不成名不就的"公共行动分子"。"她们"的存在，修订了旧城保护的语义，让人们看到了在各种力量博弈之外的温情，她们从事的是"旧城呵护"而非传言中"不分青红皂白的唯保护论"。尽管二位女士的工作方式并非全部无懈可击（比如华女士对"私产"一词的认知，以及曾女士对"公民的、法制的社会"的解读），但这丝毫不影响她们对旧城保护的推动之功。

何谓良知？就是他做不好的事，他自己会觉得羞愧。个人如此，城市也是这样。

十五国风：诗经时代的性与爱

黛琪

国风：大旨谈性

正如曹雪芹自叙：《红楼梦》"大旨谈情"，诗经之《十五国风》其实是"大旨谈性"。这里有一个特别需要说明的小问题，便是诗经时代，性情不分；所有的情诗，都是情欲的表白与呐喊，没打算"发乎情，止乎礼"。

从《周南·关雎》开始，爱情便意味着性的结合。"窈窕淑女，君子好逑"，君子喜欢淑女，接下来要做的事便是为将来两人的婚礼做筹备。这意味着，爱悦等于婚姻的建立，这是君子与淑女建立合乎礼法的性关系的蕴藉说法。表现更鲜明的是《召南·草虫》，这种因有情而求欢的势头便喷薄而出。

《草虫》是以女子的口吻，谈两人同心而离居的思念之苦；于是一得到相遇的机会，便行男欢女爱之事，痛苦方得稍稍解脱平复。诗曰："喓喓草虫，趯趯阜螽，未见君子，我心忡忡。亦既见止，亦既觏止，我心则降。"搁在今天这样的开放社会，也不免要赞一声"豪放女"，但是，在当时，不过是平常叙事耳。爱悦求欢，身心满足，毫无惺惺作态，坦白自然的态度，几乎可以说是令人震惊。这只能说明，在当时，人们并不认为"情欲"是可耻的。爱人便意味着身体的爱悦，并非后人唧唧歪歪胡诌的"我爱你沧桑的老灵魂"。男女之情，就是身体情欲这回事，不是灵魂沧桑那么回事。

著名淫诗《野有蔓草》，是以男子的口吻，写陌生男女邂逅相遇，彼此爱慕，野合同居的故事。诗曰："野有蔓草，零露漙兮。有美一人，婉兮清扬。邂逅相遇，与子偕臧。"诗人坚定地认为："我爱你，我便需要得到你的慰藉；我爱你，你便肩负着给予的义务。肉体的结合才使灵魂安妥，你我的结合才是人间的幸福。"而另一方呢？不消说，那自然是"同情地给予"了，并且双双成家去也。

《野有死麕》说得更直白。诗曰："林有朴樕，野有死鹿。白茅纯束，有女如玉"。男子的猎物与聘礼，和女子的如玉肉体相呼应。一方面写出了对性关系的渴望，一方面也写出了对女子的爱慕。你能说他只为了得到她的肉体，才去打猎送礼的吗？你能说他的爱只是肉欲的渴望而非情的深挚吗？古人恐怕理解不了这种冬烘责备。得到和给予幸福的实质内涵，就是对两人间性关系的追求，统统是肉体性的欢乐，绝非后世的精神恋爱。

《桑中》是以男子的口吻，讲述姑娘们如何多情对待自己的情人。"见而悦之，约会上宫"，我们可以很容易地推想彼时的两情缱绻。当然，人生自古伤离别。如果有情，身体的物理距离，自无法割断感情的联系。《伯兮》仿女子口吻言曰："自伯之东，首如飞蓬。岂无膏沐，谁适为容。"分离使得感情更加坚贞，连形象都顾不上了，因为一切的花容月貌精心打扮，都是为了讨心上人的欢喜。而心上人远别天边，这女子情愿得相思病，"愿言思伯，使我心痗。"

爱情不能持久，男子喜新厌旧，女子固然也有薄情寡义之时；彼时的男女，也各有怨言。如《邶风·日月》："乃如之人兮，逝不相好。胡能有定，宁不我报。"感情的疏离，带来的是性关系的断绝。性关系与感情的不可分割，在《江有汜》中，男子薄幸，结果是男主人与小妾性关系的断裂。思妇形影相吊的悲伤，到了《金瓶梅》时代，便是潘金莲式的偷情。大雅之书《红楼梦》中小红、贾芸简单的密约赠帕，被偷听的薛宝钗搞得意味深长，其实没有实质性接触，却搞得很严重的样子，颇令读者失望。

本来，社会越发达，人应该越有自主性。但是，不。越到后来，人类越发无法性情统一，古今中外概莫例外。性情不分，也许正是黄金时代的投影，情爱与肉欲统一，爱的渴望夹缠着性的需索，性生活必然连带着感情投注，感情的滋润使得性趣盎然，性的结合填充了感情的苍白。非仅《国风》，通部《诗经》中亦然。我们约略知道了《诗经》时代的性情不分；至于情性分离，灵肉相悖，那是让古人瞠目结舌之外难以理解的现代病，除了思想和言谈的时髦，另有一种让世间男女更加昏迷沉醉的魔力。

老祖宗性关系指南

诗经时代的男女关系比较自由。虽然受制于物质的匮乏，环境的压迫，但是在精神和感情上，相当轻松而且奔放；他们的感情和伦理虽然不是一张白纸那么简单，但是后世道德和道德感形成的压力，彼时基本乌有。当然，国家已经诞生，在人民的自由与秩序之间，圣人制定了游戏规则。在初期，这游戏规则还是很松散的、很简单的，圣人们想要达到的境界，也并不敢期盼"君君臣臣父父子子"这种绝对关系。我们读诗，可以明显看出彼时的男女关系，便在自由与管制之间游移。

《国风》"大旨谈性"，大部是当年男女情洽野合的浪歌。孔子删诗而后曰"诗无邪"，乃是如孔子注《春秋》之微言大义笔法，进行价值观的嵌入式改造，将男女风情之诗，重铸为一部蕴含着礼教劝诫风化的教化经典。简言之，《国风》就是一部老祖宗性关系指南，遵圣人之意，指导男女结合之时，不必如禽兽般发之以情，实应"成之以礼"；其根本的价值观便是"成之以礼得幸福、成之非礼得不幸"，从而为自己找到真正的归宿。

"成之以礼得幸福、成之非礼得不幸"，这不是道德律，而是价值律。

人们会把夫妻之事戏称为"周公之礼"，其来有自。须知人类最重要的教育，从古及今，便是性教育，一则需要养成正常的伦理，二则需要养成优美的感情。子曰："饮食男女，人之大欲存焉。"远古洪荒时代，人民野生土长，女不知有夫，子不知有父。男女成年，性生活与生育不可避免；而以一种礼制的形式来规范性生活，确定其权利与责任，生儿育女，男有妇，女有夫，子子孙孙知父知母，脱离远古洪荒蒙昧野蛮，这不能不说是一件极大的功德，也是觉悟的先民最重要的一项事业。

周公乃彼时这个民族文化和一切自然法的集大成者。周公制礼，最主要制的便是"风化"，就是这个"性关系"礼。其实"风化"一词的本意，很直接，就是以性关系、性生活来训化教育人民，而不是后来说的那么含蓄。令人更诧异的是，性生活如何还能教育人民呢？

"周公制礼"，所制之礼便是后世被推崇普及的礼教，即圣人制度。《礼记》所载诸种礼制，乃是围绕此婚姻制度为核心的家庭观念、道德观念以及诸种维护此婚姻制度的礼仪法度。我们可以看到随之确立的其实是家庭制度和个人、家庭对国家的依附关系。有礼成婚姻，而后才算有婚姻制度。与这婚姻制度配套的社会制度成长起来，以家庭为单位的社会确定了雏形，以人伦为道德基石的传统中华文明也随之自我发展、成熟起来。这当然是人类史的文明飞跃。

周公之礼的核心就是建立被约束的"性关系"和性道德，将"性关系"以男婚女嫁的婚姻形式立法规范，而不是随机野合，上不知君父羞耻，下不知家庭父母。夫妇为人伦之本，乃天地间人类生命所自出者。以"周公之礼"来喻夫妇之道，大义自在其中。而男娶女嫁这种家庭婚姻制度的确立，实在不是自然发生，而是远古圣人的创设，至周公而集其大成，遂得以凝固其形式而在全社会做普遍的推广。

如此"风化"，便是以性关系为核心建立起来的道德伦理规范教育人民，性关系不再是含蓄蕴藉的"阴阳调和"、"天地交泰"的虚无缥缈之说，还是"名教"的核心价值所在。《诗经》之《国风》

部,其主旨便类似于"性生活考察报告及指南",或可称为中国的"爱经"。"风俗"便指各地嫁娶习俗以及由此衍生出的婚姻、家庭、财产继承自然法。不过久而久之,人们忘记了"性生活"乃是礼教的基本点,反而将其他的听起来更高尚的忠孝节义之类,作为"礼法礼教"的核心价值观。同时,固定不变的男娶女嫁也在客观上造成了女子地位逐渐低下的现实,《鄘风·蝃蝀》诗中所谓"蝃蝀在东,莫之敢指"的怨叹,便也不无理由。

周公之礼教就是以人的性生活为核心建立起来的社会伦理道德制度。《国风》,就是各国以性生活为核心的伦理道德教育大法。在周时,《诗经》是被雕刻在玉版上,传赐天下,以行风化之教。此谓"诗教",这是中国古代文明最高妙、最伟大的传统之一。中国古语云:"法不外乎人情"。诗教其中,既有事务性的技术提醒,也有人情心理的精微经验,将外在的伦理道德,内化为文化的传承和审美的精神。

关雎:性自由与性管制

《关雎》讲当君子淑女两情相悦时,不可以如关关雎鸠一般,径自交合,应有一套高雅而又普世的嫁娶程序,使男女婚配之事,符合国家的需要,符合道德的审美。这首诗正意味着周民从自由性关系时代,进入以礼制约的家庭婚姻时代,是谓"正始之道,王化之基",地位极高,被誉为人文初篇。

历来关于《关雎》的说法,多属胡说。什么"雌雄之不乖居也";"生有定偶,而不像乱;偶数并游,而不相狎",浑以男女大防,来赞美无知禽兽,不知道算抬举呢,还是自作多情?其实就是一个引喻,首先用来把人与禽兽区别开来,其次人要有更高层次的追求,有形式感的得到才是符合道德的,才是真正的"得到":

关关雎鸠,在河之洲。
窈窕淑女,君子好逑。

雎鸠在河洲上,自由交合。窈窕淑女,深得君子爱慕。可是,君子虽然爱慕,淑女未必就愿意给予。这首诗首先是写给男性——君子的,他的预定读者是男人,而在头两句里面,已经寄寓着女子防范男子追求的凛然大义。下面就写君子爱慕淑女之时,不应仅以身求,而应求之以礼:

参差荇菜,左右采之。
窈窕淑女,寤寐求之。
求之不得,寤寐思服。
悠哉游哉,辗转反侧。

采荇菜要两手齐下,左右包揽,方无遗漏。追求淑女,也要讲究一定的规矩方法。君子爱慕淑女,淑女不肯搭理(因为淑女爱琴瑟钟鼓之述),男子只好独自辗转反侧,女子并不来嘘寒送暖。

君子求女不得,显然在受着罪苦。诗的后半部分,便是圣人教导君子求女法则:

参差荇菜，左右采之。

窈窕淑女，琴瑟友之。

参差荇菜，左右芼之。

窈窕淑女，钟鼓乐之。

采荇菜要两只手，爱淑女，要琴瑟友。意谓采荇菜要有正确的方法才能到手，而爱慕淑女呢，也要有正确的形式才能得到。要有钟鼓琴瑟，成之以礼，才能得到窈窕淑女的欢心，才能得到令人辗转反侧、寤寐思服的美人。

有人就会问，男女成之以礼，要"琴瑟友之、钟鼓乐之"，要有琴瑟，要有钟鼓，这得是什么样儿的人家啊？答曰：这就是普通的礼制的象征，不一定非要焦尾之琴，黄钟大吕。一般的嫁娶婚姻，明媒正娶，拜天地告鬼神，吹吹打打，即礼成。我们看破落户范进，也摆得起酒席请得起客，遑论高门大户。圣人制礼，虽强调了秩序与等级；但最重要的，是推广普世的礼仪形式。我们看那世间娶亲嫁女，不管是贫寒还是富贵，虽有豪华与俭朴的区别，但基本的形式和礼节都一样，婚丧嫁娶，一望可知。这就是礼制普遍教化的意义。

当然这首诗也是写给女子的。为什么男子不能像关雎求欢那样如愿以偿，却是爱慕窈窕淑女"求之不得"呢？原因是：没有琴瑟钟鼓的欢爱，则是非礼之爱，不可授受也。女子非礼越礼，则亦如禽兽矣。圣人在告诉男子正确的求爱法门的同时，也告诫了那善于怀春的窈窕淑女；我们甚至可以猜测，他对着女子的话语，带着一些警戒的口气。毕竟，所有人类的礼教，没有女子方面的合作，便是空文。古人说《关雎》歌颂"后妃之德"云云，这个后妃之"德"，便是持礼自守的忠贞、自爱、自尊之德。想想后妃与君子也像关雎那般行男女之事，未免太有点那个吧——当然，这自然是礼教千年后我们的眼光了；再一想，那样就很不美吗？驯化千年后的我们，已经失去了对干柴烈火不思量的性关系的想象力了。

郑声的道德风险

诗经时代的男女结合，正在经历礼教化的运动；到了孔子删诗，非礼之事，已有道德风险、风化罪名。于是郑卫之音，遂成为非礼的典型代表。男女私相取悦，私自结合，在诗经时代，尚是青春难禁的本能，圣人尚可以歌颂之"无邪"，因本是人之常情。到了礼崩乐坏的春秋，便需要以礼相防、相守、相持。演而变之到宋时道学发达，男女之事变成罪大恶极，成了推动社会垮塌的动力之一。

《论语》云郑声淫，淫者，靡靡之音也。既指音律不同于其他大雅之乐的漫无约束，也指其诗歌内容远离礼教风化的主题思想。不过从今天通行的诗经文本中，已经看不到什么诲淫劝奔的痕迹。即使有《竹竿》、《芄兰》、《溱洧》这样的貌似挑逗之作，也都还青春活泼、爱娇俏皮，以今人的眼光来看，只见灵动有趣，看不到什么坏心思。《野有蔓草》的野合尽兴也好，《女曰鸡鸣》的留恋床笫也好，都还是人之常情，虽属非礼，却并不荒淫。但是当我们还原诗经时代和孔子时代的道德来看，可能就会比较同意古人的意见；同时我们会暗暗庆幸时代的改变。

郑卫靡靡之音，摇荡心性，总归是人之本能。批判的评语，徒令今古读者心痒难禁。那青春和生命的恋慕冲动，成之以礼也好，淫奔无耻也罢,虽有道德的风险,终归是生命本身的悸动,总是发之以情;不管是男女之情的爱悦,男男之间的狎玩,或者女女之间的情好,总归是人类自身感情的强大存在,甚至就是生命本身的一种存在,虽经不起正视、敲打,却也难以漠视、忽视,更无法背过脸去假装不存在。

郑声的不雅名声,便是它自始至终只知道歌唱"情欲"这一件事,似乎人们的心灵里,只有爱情,只有热烈的情欲,才可以当得起生命的见证。这种尊重本能的坚持态度,不仅不能说下流淫邪,恐怕还要尊之为"神圣"人性。无怪乎圣人删诗,郑声以及其他的"淫诗"都得以保留下来,且有21篇,较各风部多许多。人类自始至终,都热爱这些情诗艳歌,虽有"色情"、"诲淫"的抨击而不绝。这也算生命本能向文化本能的转化吧?要不然,这些可爱的诗歌,早已被道学家的剪刀阉割不见了。今日得见,不亦幸乎?

孔子删诗与礼教运动

《诗经》时代,是一个道德发育成熟的时代,也就是说,是一个文明正在被建设起来的时代。既没有统一的文化,也没有统一的道德,曾经是自由或者说具有极度自由的男女性的结合,正在经历礼教化的改造。这也是对人类社会结构最为关键的改造,而这改造乃源于一种创造,即对一种稳定的婚姻形式的创造发明。这个被创造发明出来的婚姻形式,便是家庭婚姻制:男子娶亲,女子离开自己的家,和男子共同建立一个新的家庭,女子与子女和财产均属于丈夫所有。这就是《蝃蝀》篇中"女子有行,远兄弟父母"所怨言的一个普世制度。

　　并非仅仅周公如此制礼。周公之礼在中外都有相似的形态，只有少数族裔还有走婚等女系氏族的传统。今日人们已经无法清楚为何中西古人会选择"男娶女嫁"这样一种婚姻模式，并同时将其确定下来，作为一种固定的社会模型普遍施行。随着这种婚姻模式而来的是成型而稳定的家庭、随之稳定下来的社会形态，以及随着家庭社会成型而逐渐围绕统一稳定的家庭和社会，建立起相应的道德机制。很明显，古人和今人都从其中受益良多，所以奠定这个"以礼相待"的婚姻模式的先王后妃，永远被人称颂。《关雎》因为对婚姻礼教的推崇而位居《诗经》第一篇，其来有自矣。

　　只可惜，道学随礼教而兴盛，女子渐渐因为被控制而失去力量，于是女子的地位就越来越下降了。我们看《诗经》、《春秋》、《左传》等先秦文章之内，女性还有很充分的话语权，那时男子去古未远，尚未完全忘恩负义。及至后世陋儒，如南宋朱明，女人那就完全下了地狱或者根本就等于地狱，需要尽诛之而后快；惟为国家民族计，不得不保留这个低等物种。

风化与礼教杀人之演进

　　孔夫子曰："诗三百，一言以蔽之，思无邪。"今人又会诧异：都满篇性生活、满篇性关系了，怎么会思无邪呢？须知孔夫子看到的《诗经》，跟我们看到的，并不相同。孔子看到的，大概犹如《金瓶梅》之原本小说，精华糟粕芜杂其间，奔放自由的民间感情和婚姻关系，有合于礼的《关雎》，又有更多不合于礼的情诗，如《狡童》，

《野有蔓草》等等。孔子行删削改定之后，令其符合"礼之需要"，达到"成之以礼得幸福、成之非礼得不幸"的教化标准，如此则无邪矣。

周公制礼，从稳定的社会关系和秩序来说，当然有其好意。礼教被讴歌而推广，却不能立即达到移风易俗的目的。此周公之礼，就是男女婚姻问题的规范化，所谓"风化"。风乃性交之意，风化便是建立男女性关系的礼教而教化天下。但是从《诗经》时代，到孔子删诗的时代，对合礼的要求和后世尤其是宋儒之后的礼，已有极大的变化。

周公制礼的时代，男女之间的性关系其实还是自由的。男女长成，互相悦慕，而有"风"事，乃人情之必然。周公制礼，不过是令互相悦慕野合之男女，能够以"男娶女嫁"的形式成之以礼，并且能够有始终的婚姻家庭关系。《诗经·国风》中描述了大量的婚前甚至是婚外、非婚性关系，同时也尽力描述了不合于礼、没有婚姻保障的两性结合带来的痛苦悲剧。既尽力地描摹了两情相悦的欣喜与幸福，也同情那被遗弃的男子，以及不幸被弃的女子。在那个时候，人们可以自由结合，当然也可以自由离去，性关系不一定要有家庭和婚姻。

但是周公制礼便是要以这个性关系为核心，建立起稳定的家庭婚姻制度来。所以在《关雎》中，关雎固然是水鸟的思春发情，两性结合，纯属"发之于情"，而君子淑女自然有异于禽兽者，终须"成之以礼"。其实这君子淑女在生活中是能够互相认识的，甚至可以肯定他们已经有过性接触，而"礼成"，是教化的必须手段和目标。同时，《诗经·国风》除了《关雎》这种歌颂"成之以礼"的爱情之外，还有大量纯粹的爱情诗，仅仅描绘男女发之以情的爱慕，男子之间的互爱，女子追求美男的痴情。孔子未曾删去，实因为不管是成之以礼还是成之非礼的性关系，其中种种感情，对于人类都是自然存在的，是常常发生而必须珍惜的生命感受。

孔子删诗，按"成之以礼"和"成之非礼"两条线索来编订归纳，并包涵各种非礼关系带来的不幸与痛苦，遂使《诗经·国风》从普遍的性关系指南，跃升至礼教的名器，以"成之以礼"的幸福满足，来反衬"成之非礼"的不幸痛楚，达到风化水平的新高度，也是审美和道德的新高度：诗教。如此，孔子删诗，方得"思无邪"之三百篇。

孔子的时代，男女的交往，仍然是自由的，虽然礼教和耻感的尊严，已经牢牢地树立起来，但也只是作为道德的戒条、风化的教材，尚不足作为做杀人的利器。婚前性关系和婚外性关系，虽不被鼓励，但是作为"人情之常"，仍旧是可以被接受并被理解的。及至后世，社会上层和下层的男女，仍具有此种自由。从古往今来的传奇小说志异故事中，还是可以看到男女非礼之情存在的影子。只是在某个阶层，如中等贵族，可以实行对女子的隔绝，遂可以要求和实现绝对的"男女大防"。而社会高低两端男女的性关系，仍具有奔放自由的本能面目。如皇族、贵族及下层民间，男女间因为不能隔离而有活泼生动的性的情态。

对《诗经》中自由精神的损害，首在于宋儒；后世的道学，更是添砖加瓦使之蒙尘不绝。至于冬烘陋儒，见《国风》而崩溃，斥之为"淫奔无耻"。这并非仅是道学的痰气，也是一个民族创造力和思想感情的全面禁锢和枯萎。到了《儒林外史》中，名教与礼教的悬鹄，就只能是无益于世，甚或有害于人伦道德了。及至《红楼梦》中奇女子尤三姐，感觉到柳湘莲认自己为"淫奔无耻之流"，就敢于以死明志。到了那时候，礼教便真是可以杀人的了。

痒了你才正常

孙睿

人活一世，谁都痒过。痒了，最容易的解决办法，就是马三立在相声里说的那样——挠挠。但是这个最简单的办法，却总是被人忽视。

人类具备把一件特别简单的事情变得很复杂的能力，本来挠挠就解决了问题的事情，非要多想，在知道没有无缘无故的爱的世界观基础上，也坚信没有无缘无故的痒，痒了就得治标治本，得根除——但压根儿就没根，除什么？结果治了半天，发现不了根源，变得更痒了，于是变本加厉，更加坚信痒一定是有原因的，一定要斩草除根，于是宁可去排队挂专家号照CT验血验尿开一大堆药，也不愿意随手挠挠。

其实首先要治的,是这种犯贱的心态。这跟天凉了,觉得冷了,便认为自己体质不好,拼命锻炼,拼命吃好的,以增强体质,却不知道把窗户关上或加件衣服就没事儿了,是一回事儿。这种人,冻死活该。

挠的时候,够不着没关系,人类不是发明了痒痒挠么?当然,挠的时候也得悠着点儿,挠完还痒的话,那就先别挠了,可能真得去医院了,再挠下去,血肉模糊了,更不好治,这时候做好打针吃药的准备吧,痒得厉害了,只能洗洗更健康。

有人说,正常的时候不痒,一痒,就说明异样了,而有时候,痒反而是正常的表现。看见肉,痒了,说明胃口正常;看见酒,痒了,说明肝功能正常;看见异性,痒了,说明荷尔蒙分泌正常;什么都没看见就痒了,说明该洗澡了,感觉正常。

馋肉的时候吃肉、馋酒的时候喝酒,其效果无异于挠挠。挠完,解痒了,问题就解决了,否则,没有最痒,只有更痒。有人会说,更高级的人,无论多久不碰了,看见酒、肉、女人,依然不痒,既然不痒,就不在讨论范围内,咱们这里只说痒的。

痒,有的时候是内因,比如以上提到的这些痒;有的时候是外因,比如被人咯吱、看见心里不忿的事儿,本来好好的,有人非得让你痒。

痒痒肉,有人有,有人没有。敏感的,一碰就痒,不敏感的,怎么捅咕都没事儿。敏不敏感,不仅是一片肉,也是对社会的感受度,有人当社会上稍有风吹草动,就坐不住了,有人即使天下大乱,依然能岿然不动,而社会也具备让一个原本细皮嫩肉的人变得皮糙肉厚的能力。面对社会，人也得增强免疫力，要不然非得痒死。

人生在世，难免会痒。哪儿痒，痒成什么样儿，自己最清楚，是挠是洗，自己定。

一段屎化史

曹寇

好东西搁久了都会散发腐败的气味，说白了，一切美好都有屎化的危险。我想说段迄今为止个人情感史上那坨体积最大的屎。她是我单位的同事，故事的主体发生在2004年。2005到2009那几年，我离开单位东奔西跑，谈过几场恋爱，又纷纷寿终正寝，最后我回到了单位，此时她已完成了嫁人和生育的过程。此时此刻，面对双方的一切变化，我已无比坦然，这种坦然就是我说的屎化。我并非是说屎化有什么不好，就我现在看来，我觉得屎化可能是一切事物的趋向，不仅好，还合乎天道。不过，我还是乐意说说它成为屎之前的状况。

至今我仍然记得我们初次见面，是她刚刚分配来报到的那天。那是夏天，她戴着副眼镜，清瘦，她的出现使我感到了清凉。我坐在一个地方跟同事们聊天，这时候她走了过来，从单位那条笔直的大道上走了过来。在这条主干道的左右，园丁植满了桂花树。这些树木一到秋天就像疯了似的开满桂花，把香味播撒到每一个角落。她从桂花树中穿行而过，使我想到了桂花的气味，使我第一眼就喜欢上了她。因为陌生，她并不与人招呼，也不微笑，显得矜持。她行走的姿势很特别，因为清瘦，臀部窄小，腰胯不会大幅度地摆动，配合于身体的特点，她的两只胳膊的肘腕部总是向腰部内敛，而两只手却像小鸟刚刚长出的翅膀那样左右伸开，这使她的走动看起来相当轻盈。加之她不穿鞋底响亮的高跟皮鞋，使得她看起来简直像在飘动，或者是滑动。好像我使用一条细线就可以把她牵引，而如果我一使劲，线就会断。这种感觉真是奇妙，它像宿命一样决定了我们后来的结局。

　　当然，第一次相见并不能使我做出什么。我是个腼腆的人，到那时还没有向一个姑娘表达过爱意。那时候因为觉得必要性不大，我把手机送人了，也就是没有手机了，而她有。于是我想，既然她有，那么我也应该有，然后发短信告诉她，告诉她我第一眼看到她就喜欢上了她。后来我正是这么做的，那是在第二次遇见之后。

　　所谓第二次遇见当然是一种说法，作为同事，每天都能遇见。我所说的第二次遇见是指在我看来使我和她之间的关系发生微妙变化的那种。那是在公交车上，我已经上车了，然后突然发现她在车下。她在翻自己的女士小包，在找东西。但她没找到，有点沮丧。这时候她抬起头，看到了靠在窗前看着她的我。她开心地笑了，甚至可以感觉到她高兴地要跳起来，或者她真的跳了。她跑上来对我说，她没有零钱，只有一百元的整钱，怕买不了车票。到现在我仍然可以看见她发现我时的那种欣喜的笑，笑容是那么纯粹和生动，她是多么单纯和可爱啊。

我为她买了一元钱的车票，让她坐在我身边。当时我刚刚点上一根烟，当她坐下时，我立即掐灭了它。在后来我仍然有此念头，不愿意有任何东西污染到她。我们就这样并排坐在一起，然后汽车开动。当时我产生了个幻觉，似乎我的魂魄飞离身体，离开座位，而在我们身后那排座位上坐了下来，我看着前面这对坐在一起的青年男女，断定他们之间会发生点故事。

我这人开窍不算很迟，但对女孩下手太迟。终生遗憾。在她之前，我于学生时代根据时间段分别暗恋过几个同班女同学，并且没人知道，我有时想，大概我自己也会渐渐地不再知道。彻底忘掉当初暗恋对象的姓名和相貌，这并不难，那只是个过程，一个人成长的常见方式而已。工作以后，亲友也给我介绍过一些姑娘，也即传统的"搞对象"。我其实也不算抵触这种方式，许多东西我都不抵触，这是我一而再、再而三去相亲的缘故。但可想而知，都没有什么好结果。其实别人给我介绍的几个姑娘都挺好的，主要是她们对我很好。我现在虽不至于恬不知耻地认为她们在短暂的交往中喜欢上了我，但我可以肯定，她们都不反感我，愿意和我交往下去。但可惜的是，我没有和她们交往下去的欲望。然而，拒绝是需要理由的，于是我学会了使用各种冠冕堂皇而又俗不可耐的说辞来敷衍她们："还不想谈"、"配不上你"、"年龄差距太大"、"彼此缺乏交流基础"等。如果说有所悔恨，我并不悔恨没有和她们交往下去，而只遗憾总是由我提出断绝交往而不是把该权利留给她们。我多么希望她们能主动提出不想与我交往下去啊。她们不说，我一般就会"装死"，直到有了那么一次，几个月已和那姑娘未有任何联系，但突然有那么一天，她电话打到我家来，声音是颤抖的，可以想象得出她的害羞和紧张。她说，想约我找个时间出去玩。我说，好，但应该男孩主动吧，你等我电话，我约你。然而近十年过去了，我至今也没有给她打过电话。唯有愧疚。我觉得自己伤害了一个女孩。我不想那样，可我没有办法。

有办法吗？一点办法也没有。我把自己所有的"历史"问题也即我的所谓"前半生"都告诉了这位新同事——这位可爱的姑娘，并似乎想从她那儿得到一些解决困惑的办法。我说，我没有对任何一个姑娘说过我喜欢她。我把这句话一直藏着掖着、积蓄着，似乎是一直等待着她的出现，好了，现在她出现了，那么我就拼命说，使劲喊：我喜欢你。然而也正因此，我说，我对你的喜爱大概只能是不可靠的、是无望的，我喜欢你喜欢到了想立即离开你，只想永诀而不是靠近。

她当然也有一段"历史"。她毕业于一所女子学校，加之性格上的羞怯和谨慎，使她未能加入学生时代的恋爱群落。在参加工作与我成为同事之后，并在我向她表白之前，她曾有过一段所谓的初恋经历。具体是她的父亲想把女儿嫁给其朋友的儿子。在我看来，是那种青梅竹马，因为她提到他，称为"哥哥"。那个男孩得家庭之便可以经常到她家去，他们也曾约会。但维持不久，即已告终。虽然那个男孩后来还曾多次向她吐露心迹，但都遭到了她的委婉拒绝。有一次，那男孩又去她家，和她一起吃了饭，并且使用她的QQ给我发来一坨屎。等那男孩走掉之后，她把这情况告诉了我。我出于嫉妒表示"恭喜"。她于是声明，她与那人彼此并无什么感情。我问，那我们呢？

她说，我们见了面没有感情。

"见了面没有感情"。是的，我们背景悬殊，志趣相异，约会寥寥，面对面的交谈相当有限，生活境况完全不同。正如她有次所总结的那样：我们见面聊不如上网聊，QQ聊不如发短信。我们是控制距离的"地下工作者"，是"黑暗中的熟悉"。

在单位职工花名册中看到她的手机号码，这促使我去买了手机。2004年之前，使用手机需要个充分的借口，起码在我的生活圈子里是这样。比如做生意，比如每天有很多人要找你，比如我是他妈的有钱人。我的借口不充分，所以不要。不像现在，借口被缩小了，这也是时代使然。既然我们相遇，我抑制不住地喜欢上了她，那么看到她的手机号码，我当然要立即买一个。想法简单而朴素：给她发短信。

有如宿命，和她交往前后大致一年，我们最主要也是最重要的联系方式竟然就是短信。如果那真的算得上是一场恋爱，我们的恋爱是以短信谈的，而绝对不是大家经验中的花前月下、礼尚往来。表白是短信，最终的"摊牌"、分手也是短信。手机有那么多用途，我相信发明它的初衷是打电话。你也会问，你们老短信干吗？直接电话就是。是啊，确实如此，我也常因此而难受。当我想念她的时候，想约她出来的时候，为什么不直接打电话说，难道我们真的是节省的人，能一毛钱（一条短信价格）说的话绝不用六毛钱（电话每分钟价格）？或者说，我对她的感情本质上就是廉价的？哈，不不不，不是那样。这里面有深刻的原因，本篇文章我不想涉及。我想说手机在我们恋爱过程中所发挥的惊天动地的芝麻小事。

那时候我养成了一个良好的习惯，即便一整天没有任何联系，在睡觉之前和醒来之后都会短信问候她一下。因为这个缘故，她也养成了一个良好的习惯，那就是把手机放在枕边，睡前阅读，醒来又看。她的手机大概那晚键盘没锁，在睡梦中被她压到了，而且压到了我的号码。这一头，我的手机响了。我不知道她半夜为什么要打电话，我很紧张，但电话铃声是那么固执，我接了。一声"喂"没回音，二声还是没，而且就是一万声也不会有。但我不知道她睡着了，不知道世上有如此巧合之事。我想，她兴许心情不好，或者家里没人，她难过了、害怕了，想听个人的声音，结果选中了我这个大傻逼。我怎么会挂断她的电话呢？怎么会？永远不会！于是我就跟一声不吭的她说话。话说完了就把手机放电脑音箱上给她听我听的歌。歌完了，给她读我正在写的小说。读了几段，我开始在家里走来走去，告诉她我家中陈设。最后我走到阳台，我什么也没看见，外面一片黑暗，但我却说了许多我虚构的场景。时间就这样持续了两个半小时，直到电池没电。我浪费了彼此两个半小时惊人的话费，然后创造了一个我至今没有见过、没有听过的奇迹。在我现在说它的时候，感觉自己是在回忆一个史前神话，而我就是神话中的英雄，或者神话中的傻逼。

　　为了随时随地给她发短信，我把她从通讯簿中调到了最上层，名单以汉语拼音先后顺序排列，她就是那个"阿"。后来，我手机丢过，卡换过三次，及至我们分手很久以后，我都保留着这个"阿"。我给"阿"设置了特殊的铃声，当她的短信或有限的电话到来，我的手机都会发出别于他人的音乐。然后我欣赏着手机因来短信而亮起的指示灯，它是红色的，一闪一闪。我都不忍心立即打开看，光有那红灯一闪一闪就让我满足了。也正是因为她是"阿"，发给别人的短信常常错发给了她，这造成了她的许多误解和不快。在发生僵持的日子里，我甚至故意使用这点小伎俩，故意把发给别人的短信也转发给她。只要她一回复，我就立即可以"名正言顺"地继续与她取得联系了。分手之后，因为很长时间都保留着"阿"，所以继续会发生有意无意的错发。终于有一天，她说："不可能的，是你故意的。"当时我正在一个酒吧和一群朋友喝酒，喝了很多，但她的话使我立即惊醒，与此同时羞愧不已。我无法形容我的痛苦，为了克制自己不再"错发"，我只有把她、把我的"阿"从手机中删除。她发现了我的那点可怜的伎俩，我再无勇气给她发短信，因为我们已经分手，即便遇见都不正眼看对方。我本来以为"阿"会长期保留于手机中，所以没有背下她的号码。在删之前，我想了一段时间，那就是我是否应该记录下她的号码。悲伤使我感到某种程度的愤怒，我为什么要那么刻骨铭心地记着她？为什么？她已离开了我，表情冷淡而决绝。留下一个号码又有何意义？于是，我删除了"阿"。

再无任何联系之后，我的手机突然变得死气沉沉。它又像2004年以前那样开始可有可无。以前我无论到哪儿，都不忘带手机。从房间到卫生间，也会将它带在身边。记得有次我正在卫生间洗澡，她打来电话，我就赤身裸体地跟她说话，突然觉得自己特别赤诚，而不仅仅是下流。当时我真庆幸自己把手机带到了卫生间，否则我将失去一次和她说话的机会。人生苦短，恋爱无常，听一次少一次。

我和她的关系其实挺畸形的。

我喜欢她，她也接受了，可除了彼此知道这种"关系"之外，再无别人知道。我们各自的亲友被蒙在鼓里，彼此交叉认识的人也无一察觉。似乎为了保持这种"神秘"，我对她说我们只能是"黑暗中的熟悉"。因此，在人前相遇，我们达成了某种"默契"，会心照不宣地不理不睬、三言两语、客客气气。这都是做给别人看的，像演戏那样努力表演着"我们没有任何男女私情"。事实证明，我们都是天生的演员，演技惊人，即便至今，那些被蒙在鼓里的人依然蒙在鼓里。我们从开始到结束，耗尽一年有余的青春，它一直在"地下"进行，默默无闻地被我们合谋埋葬在喧闹的真实生活之下。

说来惭愧，我不是孝子。父亲早逝，母亲和我住一起，也是为了照料我。可我却经常顶撞她，也从来没有买过一件东西给她。我不知道母亲节是哪天，不知道母亲的生日是哪天。有一天，我在母亲的房间里找什么东西，偶然看到了她老人家的身份证。看了我吃了一惊，我母亲的生日居然和她是同一天，不仅如此，我算了算，她们的属相也一样，一老一小之间整整相隔三十六年。我很激动，立即把这个发现短信告诉她。她也觉得"真巧"。

真巧。为什么会这么巧？有一天我坐公交车去找朋友商量点事，那是炎夏，我坐的那车没有空调，也太过拥挤。于是我找了个站下来，等空调车。再次上车之后，我一下子紧张了起来，因为她站在车厢里。我想上前跟她说话，但我立即发现，她所站的地方，身边那把椅子上正坐着一位中年妇女，偶尔抬头对她说句什么。犹如早已跟她全家见过那样，我知道那是她妈妈。不知道为什么，我那一刻紧张极了，没等犹豫，就立即猫进人群，把自己藏了起来。甚至连偷看她们也不敢，唯恐被她发现出现尴尬，更担心她妈妈认出我来。其实她妈妈从来没有见过我，至今也不认识。随着乘车的人上上下下，我暴露的可能性越来越大，以至到最后，我与她仅一人之隔。我越来越紧张，不知道为什么要那样，还没到达目的地，我就趁她们母女不注意跳下了车，然后长长地舒一口气。但是，在我舒完这口气的同时，无边的悔恨就像藤子那样从脚下爬了上来，缠得我简直要窒息。为什么要这样？为什么不大大方方地上前和她打招呼？我相信这没什么，她会向妈妈简单地介绍我，说："这是我同事，这是我妈妈。"我肯定会微笑着向她妈妈问候一下："阿姨你好。"这不很正常吗？可我为什么做不到呢？我为什么不能把她当个同事那样对待呢？然后我接着想，我怎么可能把她简单地当做一位同事呢？更有戏剧性的是，她当时也在车上发现了我。后来她说："本来想跟你打招呼的，但也没打。"我没问她为什么不跟我打招呼，我没那底气，并且有种深刻的"领悟"：凭借我对她的了解，其时其地，她的心理与我何尝不是一样！

　　一般情况下，每天下班，我和她都会同坐单位的车。有段时间，我需要和她一起下车，然后一起过一条马路，再继续跟在她身后走一段。走完那么一段，她就进了所居住的小区，我则继续走，去另外一个车站转车。在这一小段路上，我们前后总保持着三米左右的距离，并不交谈，在小区门口也不说"再见"。她头也不回地进小区，我经过并继续，如此而已。虽然也没什么，但我现在很怀念那段时光。一起过车辆汹涌的马路，然后默默地跟着她在那些矮小的风景树下走那么一截。我当时想，即便一生这样走下去也没什么不好。但是，有时候她会提前下班，或者我提前下班，那样我们就无法重复这一切。有一次，她的爸爸来单位接她。她爸爸有私家车，把她直接带走了。她和她的爸爸坐在车里的时候，许多同事都站在那里微笑着目送这对父女，大概是同事们想借此机会看看她那位传说中的父亲长什么样。想到这一点，就在她爸爸开着车经过我身边的时候，我情不自禁地转过身体，进了单位的传达室。此时传达室里只有我一个人面墙站立，我显得那么骄傲和孤独。我没有看见她的爸爸，据她说"爸爸很帅"，不知道，不想知道，我绝望地对着墙壁在心里默念："她的爸爸将永远与我无关！"

像所有恋爱发生过程中应有的节目那样，我送过她两件礼物。只是有必要说的是，此前我没有送过礼物给姑娘。

第一件是一张CD，朴树的《生如夏花》。那是早春二月的季节，晚上我来到她家附近，蹲在树影里一根没有电线的电线杆下。她走过来，然后我跳出来，几乎吓了她一跳。然后她问去哪儿？我也不知道去哪儿（我总是这样）。于是我们穿过马路，上了一辆小巴士。小巴士的终点站是玄武湖边，于是我们去了湖边。那天挺暖和的，一点也不冷。我们在湖边甚至可以感受到春风。四周的树木还保持冬天的景象，但我因为天气和她，想，它们大概很快就会绿吧。我们就这么漫无目的地在湖边走着，后来在一个石椅上歇了会儿。我们离得很远，她在椅子的那一头，我在椅子的这一头，并且，我们都是瘦子。也就是说，在我们之间还可以坐一个人，甚至可以坐一个胖子，但没有，只有刚才所说的那种从湖面吹拂过来的风穿过我们之间的空隙。对此我已很满足。在湖畔的丛林深处，有许多抱在一起的男女。我考虑到自己是否也应该把她抱住？这个念头突然使我感到紧张和恐惧。所以，没有。我已很满足。她一直是微笑着的，并且发出了笑声，我不能确定这一笑声是否发自内心，但我可以肯定，我被她轻松的笑声及神情感染，我感到了巨大的愉悦。当她纵身跳起去够垂直而下的柳枝时，我甚至以为她和我一样高兴。那张CD是在回去的公交车上给她的，她回到家后就听了，说好听。我说我们以后还去湖边好吗？她说，好啊。事实上我们再也没有去过。这里还有一个细节我不知道是否应该提一提，那就是我们在那张石椅附近踩到了屎。我不知道是人屎还是狗屎,有这两种屎的体积和形状。我们把脚在枯草上蹭了好久,但我们都没有说。也许我应该说,操,我们踩屎啦!如果是别人,我早说了,这是我的性格。但我没说,我现在想,也许说出来会很好。

第二件礼物是条项链。那并不是一条多么贵重的礼物,不过考虑到当时我窘迫的经济状况,亦属不易。买的时候,我像个黑暗中的贼那样暴露在四面都是镜子和强光的首饰店里窥伺了很久。售货小姐问,我只说看看。当我最终挑了一个赶紧付钱之后,几乎是逃离而去。这是为她的生日选择的礼物。虽然她生日那天我们因为什么闹了点脾气,没有接触,但大概过了十来天,我终于把这条项链给了她。和送CD一样,我并没有直接给她,她也不知道我要干什么。我们再次漫无目的地在城里绕了一圈。回来的时候,我仍然坚持要把她送回家,她说不用,于是我说,下车给你个东西。在她家门前,我看了看四周没什么路人,终于掏出了那个红色的盒子。是的,我对那条项链的记忆就是玻璃柜台里闪光的形象和最终那个红色的盒子。那条项链静静地在我家呆了半个月之久,而我却从未解开那个丝带扎就的小结(也是红色的)取出来看一看。我可能是担心自己不能扎那么好看的结,也可能是我不敢面对这条项链。平心而论,在某种意识里,我觉得项链这样的礼物很严肃,传统和经典赋予其太多的隐喻和神秘。我神经过敏了我知道。当她告诉我很喜欢那条项链之后,我甚至怀疑,问:"真的吗?"她说:"真的。"这样一来我似乎稍微放心。后来她说,她不想收这么贵重的礼物。于是我安慰她,一点不贵重,是件便宜货(确实便宜)。她又说,要还给你。我说,送你的就是你的了,如果你不要就扔掉,即便还我,我也不可能再送他人,要了没用。她说，不，你自己可以戴，然后补充道，我给你戴。当然，她没有如她所说的还给我，更不可能给我戴上，我也不知道她是否已把它丢弃或送人，我只能肯定，她再也不会佩戴那条项链。

说说我和她之间有限的约会吧。真的有限，和一把漫长的头发一样有限，和一条曲折的巷道一样有限，和人的生命、财产、相貌、欲望等等一样有限。有限是一切事物的客观现实，是真实，所以，我对与她之间有限的约会也并无怨言。它挺正常的。

第一次约会好像发生于2004年情人节。那天天气不好，她去书店买书，在一个车站的风风雨雨里等我，我哪敢耽误，打车过去了。然后又和她在那儿坐了公交车去书店。在我们的约会中，此类情况经常发生，那就是我会迫不及待地打车赶赴二人约定的地点，然后和她一起坐公交车。当然，我也经常提出打车，但她大致是考虑到我是个穷人的缘故，并不应允。其实我为交通工具的问题一直很矛盾：我想打车，剔除司机，空间是二人的，也就是想和她面对面地单独呆一会儿；我也想和她一起坐公交，那样路途中的时间要长点，也就是我可以和她在一起多呆一会儿，另外，挤公交车的那种日常状态是我的理想——我多么希望自己和她的关系能像公交车上别的青年男女那样日常起来啊。我们在几家书店并没有买到她所需要的书，然后又辗转到另外一个地方。之后，是晚饭时间，我想带她去自己熟悉的地方吃饭，但我们打不到车，真的打不到。似乎所有的出租车都在这一时间故意躲着我，它们商量好了，就是要看我的笑话。因此，我们饥寒交迫地在街上走了很长时间，走得两脚滚烫、口干舌燥。她在便利店里买了两瓶COOL，然后我们上车回家。这是一次在当时看来相当糟糕的约会，而且还是第一次，现在想起来，仍然是当初那个感觉。如果我的感觉发生了变化，比如我在回忆这一切的时候，反而觉得有趣好玩，那可能说明我确实已摆脱了她。

最后一次约会正是2004年她生日后不久，也就是我送她那条项链那次。我们并不知道那是最后一次，没人知道，我估计老天爷也被蒙在鼓里。但分明又是鬼使神差，怕她不来，我开玩笑地对她说，这是我俩吃的散伙饭，以后再也不约你了。一语成谶，真的是散伙饭。

回到当时，她说她嗓子哑了，不想来。我说，不来算了。她可能觉得辜负了我吧，就说，你在哪儿？我回家吃过饭来找你。我说，你找不到，我晚上不回家。她说，那我还是会来找你。如你所知，这是句让人感动的话，尤其是对于一个在深秋的大街上从天亮等到天黑的人而言。后来她当然来了，当她从车上降临到等了足足有三个小时的我的面前，我甚至有了一种巨大的成就感。当然，她不知道我等了三个小时，她不知道的地方多了去了，我做过无数傻事。我不想让她知道，我不想让她知道我是多么需要她，不想让她知道我是多么离不开她。我太骄傲了，按她后来的话说是，我太"自以为是"了。我以为自己是一个善于表达的人，其实不是，我遮遮掩掩，从来就是一个装腔作势的地下工作者。饭后，我把她送到了家。她家门前是一堵大约一百米长的小区围墙，多少次，我都在她的身后与她保持着距离默默行走。有一个夜晚，我在这堵墙下徘徊良久。当时她把我从家里喊了出来，她说如果我敢于攀援围墙爬进她的院子（她家住围墙后，一楼），那么她就让我进去，就像收容一个孤儿，藏匿一个逃犯。我徘徊良久，不断有路人从我面前经过。我蹲在地上，抽着烟，盯着他们的腿，在他们的腿上我没看到一丝鼓励。所以我最终没有鼓足勇气爬上去。我觉得自己的年龄不适合做这样夸张的事。当然，她也并不希望我真的爬过墙头（但我又知道她确实是真的希望我爬过去）。后来她拉开了帘子，走进了小院，我像路过那样边走边透过墙体上端那些镂空的缝隙与她相视而笑。她抱臂站在那里，灯光绕过树影照在她的身上，是那么美。一瞬间，我突然感到一股巨大的悲伤，它使我感到两条腿软弱无力，差点瘫痪在地、永不能站起。在最后那次约会的夜晚，她仍然一如既往地走在我的前面，两只胳膊的肘腕部分紧紧地夹在腰际，而两只手却像雏鸟的翅膀那样左右伸开。她走进了小区大门，一如既往地没有回头。这个背影于我而言就是永诀。

有三个关于她的梦境，记录如下：

一、她被一个我熟识的男人侮辱了。这个男人确实跟我们很熟，我一直不喜欢他，觉得他华而不实、为人吝啬、心胸狭隘。说侮辱有点不确切，应属于调戏，因为他始终笑着，就像一个大人在带一个小姑娘玩耍。只是过分了而已。事实上许多所谓大人，他们在带小女孩玩的时候都有一种忽明忽暗的猥亵成分，甚至这种阴暗的性意识才是带她玩耍的动机。而她刚开始只是不知所措地尴尬着，哭笑不得的样子，后来就默默流泪了。这发生在一张桌子上。我站在桌子边看着这一切，内心充满了痛苦。我很想把他推开，但因为他并不知道我对她的感情，不知道我跟她有不为人知的联系，所以我觉得自己缺乏理由去保护她免受其辱。我甚至想到，当我推开那个男人的时候，她很可能会因为我这样做暴露了某种"隐秘"而生我的气，以至于反过来羞辱我。那样我将无地自容。我只好看着她流泪，而那个男人一个劲地笑。

二、下雨了，是雨后，天阴沉，但不昏暗，景物很清楚，是一条河流、草堆和一些看不出是什么的庄稼地。乡村，我小时候所看到的乡村。所以，空气似乎也很清新。在教室里。我似乎是初中生。教室很破败。但是水泥地虽然坑坑洼洼，倒也干燥。但我知道，外面下了雨，而且下得很透，路一定很烂。穿胶靴才好。所以，我就有了胶靴在手上，柔软的胶靴，似乎穿了很多年，拿在手里有一种陈旧的温暖，不像新胶靴那样坚硬，那样散发出刺鼻的橡胶味和令人惶恐的光泽。我居然有两双。于是我给了她一双。然后，我站在了一座桥上，河流、草堆和庄稼地再次出现。我看见她穿着我送给她的胶靴和另外一个男人互相搀扶着沿着河边向东方缓慢走去。路太烂了，她走得一滑一滑的，如果没有身边那个男人，估计她早已跌倒在烂泥地里了。

三、我和许多人被赶到了一个比操场大许多的空旷的地方。不过，朝四周看看，有河流，也有一些只看到此面而不见彼面的大坡。一些荒草东一簇西一簇，毫无规则地长在那儿。其实它们已经黄了，或者死了，不长了。还有一些树，这些树都不高大，枝杈也少得很，所以我可以直接看到那种褪了色的乳蓝色的高音喇叭，它们像鸟巢一样在一些树顶分杈的地方挂着。喇叭里说："请大家排好队，下面集体屠杀。"我突然意识到，我是在纳粹之类的集中营里。话音刚落，别的人都去排队了。我感到有些恐惧，于是再次环顾四周。我觉得这么空旷的地方，应该可以逃生吧，比如那条河，冒死游过去也有生还的机会啊。但转而我似乎又觉得，逃跑是不可能的，谁也跑不掉。于是，我躲到一块只能遮挡我半个身体的石头（也可能是荒草）边蹲下来，我掏出牛仔裤口袋里的手机，波导彩屏的（现已丢失），翻开盖儿给她发短信。不知道为什么，即便到了这样的时刻，我仍然没有想到直接给她打电话，而是一如既往地选择发短信。我在短信中说：亲爱的XX，我即将死了，在临死之前我再给你发一条短信吧，我不知道说什么好，从此以后我再也不能给你发短信了，你的手机也再也接收不到我的短信了。输入完这样的字，我就按"发送"。但，奇怪了，发送失败，还显示着红色的感叹号。再按，还是失败，还是波导机子那种红色的感叹号。按了无数遍也不管用。我泄气地想，也许我现在身处的地方远离了中国联通的服务区，或者我远离了使用这个手机频率最高的2004年，当然，也有另外一个可能，那就是我的卡里没钱了，欠费停机了。我是多么绝望。

我没羞没臊地回来了

瘦猪

大概在1989年，我爱上了一个姑娘。那时我有色心无色胆，只敢偷摸地瞅她。偷摸地瞅，肯定和正常瞅不一样。朋友们说从来没看过我如此贼眉鼠眼。暑假时我实在忍不住饥渴，晚上连着好几天跑到她家楼下蹲点，装"邂逅"，未遂后我瞄上了她的窗户，万一她没挂窗帘呢？其实就算没挂，以我的视力，也看不清啥，我在地面，她家七楼。我蹲在小区花坛沿儿上抽烟、单相思，想一些乱七八糟的事。腿蹲麻了，便在楼下来回转悠，直到午夜才悻悻离开。感谢我主，那时保安的职业还没诞生。

开学后我看到一个新转来的女生，和她聊了几句。我很奇怪，她怎么用一种很熟的口吻和我说话。几堂课过后，我才醒过味儿来，她就是我暗恋的那个姑娘！她剪短了头发，摘了近视镜。我操，我还跟她自我介绍来着！

好些书都写爱情是咋回事。具体到我个人身上，就是看不到她，坐立不安直至坐如针毡；百无聊赖直至百爪挠心。我无数次和好友X说过我的暗恋，要是不找个人说说，也许我现在就在安定医院定居了。

我写了很多情诗。我把《中国当代实验诗选》包上书皮，父母以为我在点灯熬油地学习。那时我觉得普希金啦济慈啦这些大家的诗歌像大白话，没啥看头。一些中国诗人的佶屈聱牙倒符合我胃口。我如法炮制了很多包括情诗在内的习作，从来没公开发表过，即使我花钱上了本地日报社举办的文学培训班。我也没给她寄过一首情诗。现在想起来，那只不过是一种宣泄，就像和X聊天到深夜一样。读诗时我常常陷入一种魂飞天外的状态，那些奇妙的句子将日常生活隔离开来。有时心有所动，便涂鸦几句，慢慢养成习惯，不写就浑身不自在。多数时候啥也写不出来，书也看不进去，就默默抽烟，完了把烟屁股弹到窗外。那一点红，划出一道两秒钟的弧线，熄灭在夜色里。

可以这么说，上世纪80年代和90年代初，是中国文学的黄金时代，打着文学的幌子，能不费劲地泡到女青年。但在我们那个僻远的小城，女青年似乎开窍得晚，搞文学顺便搞女人的成功率并不高。我的荷尔蒙里，搞文学和搞女人打了个平手，都没成功。而那时文学跟我不沾边儿，爱好而已；搞女人跟爱情不沾边儿，但貌似是一回事，又貌似不是一回事，搞不懂。搞不懂也搞，我说的是文学。我甚至还挨饿，用省出的午饭钱买了一本《唐诗鉴赏辞典》。记得那天中午我把书从新华书店捧回来，她摩挲了半天，夸辞典的封面漂亮。当时她穿了件略显瘦小的褂子，将发育途中的胸脯清晰凸显出来，这个我一辈子也不会忘记。当然我最爱看她的眼睛，没摘近视镜之前的眼睛，清亮亮的，无端地叫我自卑。我曾无数次鼓起勇气想对她说：宝贝，你真漂亮。但她的眼睛就像一根针，在我就要说出口的时候，扎破我这个空无一物的气球。也许我这样说了，她会认为我是个流氓。我瘪了之后，如此安慰自个儿。高中毕业后我在一所普通大学里碰见过她，那会儿我早忘了假装邂逅的事。我说，你咋想起来不戴眼镜了？我实在琢磨不透你还会近视。我实际想说，我实在琢磨不透你那么漂亮的眼睛还会近视。

在她生日的半年前，我就开始准备生日礼物。我买了一个日记本，在每页的右下角画个简单的图案。我翻遍了家里的书籍、杂志、报纸，临摹插图。日记本有了小图案立刻漂亮起来，一度我都有点舍不得了。这期间我好像做了见不得人的事，瞅瞅四下没人，才把日记本拿出来，翻看一下或者抚摸着它遐想。我决定在本子里写上一首诗，又觉得有些装逼，不写还不甘心。后来觉得即使写一首政治无比正确、思想无比健康的诗歌，也是铁证如山——你咋不给别人写诗送日记本呢？于是拧巴起来，用我老家话讲叫"闹心"。日记本最终的归宿出乎我的意料，我送给了另一个女生，她也参加了那个女生的生日聚会。之前的一个月，她觉察到我对她的异样态度，刻意与我保持距离。也许出于一种报复心理，我把准备了半年之久的生日礼物当着她的面送给了一个不相干的女同学。她的无动于衷叫我愤怒，也叫我羞愧，一场从未说出口的爱情结束了，同时结束了我与她三年的友谊，她就坐在我后桌，我们曾经很亲密。

假如我装作什么也没发生过，事实上也是什么也没发生，那么我们会像以往那样，可以低声交谈，不经意地相互碰碰手。说不后悔是假的，因为我隐约听说有人传了我们的闲话，造成了她的误会。若和她好好沟通，也不至于此。但我很快把注意力放到了踢球和读书写字上。踢球是荷尔蒙体力上的发泄，读书写字则是精神荷尔蒙的最佳释放方式，书上管这叫升华。但我却没升华到哪儿去，反而被灌进了一堆黄汤，有时觉得古人说的三不朽是人间正道，有时觉得人生一世，草木一秋，该快活才对。总之公说公有理，婆说婆有理。许是人生识字糊涂始？唯一能够确定的是我并没有把写字作为安身立命的事，我从来没写完一篇小说，也没发表过一首诗歌，话说我不读诗、不写诗已经二十多年了。不久前，在一次所谓的文学圈子的饭局上，我遇到一位诗人。他热情地送我一本他自费出版的诗集，我直言自己早就不读诗了。那本诗集定格在两只手之间，但我俩并没觉得有啥尴尬，我觉得应该尴尬的是诗歌本身。后来我还是接了过来，在回家的地铁上读了几页后睡着了。我也曾有十年不怎么读书。无聊就翻翻以前的书，书籍对我来说，就是开瑞坦药片或者是中南海香烟。

我当过工人、烧过锅炉，卖过假药，送过报纸，跑过广告，最后一个职业是在中关村扎领带、穿西装，一本正经做骗子。不知道自己适合干啥，也许这世界还没诞生适合我的工作，只好在家宅着。老婆说，要不你做保险试试？我大怒，再跟我提有关推销的事，就和你丫离婚！我在中关村推销打印机，基本上算是骗子。客户说我价格高，我就说我这是正规行货；我报价低遭怀疑，我就说我们在搞促销，前十名打进电话的客户都有优惠。我一通百通，觉得凡与推销有关的工作，都是程度不同的骗。每天坐在电脑前发傻，或者望望楼下西四环滚滚的人和车。我的公司紧挨着新浪、华旗，离腾讯也不远，处于中关村腹地。我有时候感到恐惧，哪儿来的这么多人，天天挤着，来回奔波，我很想知道他们都在忙啥。

很多年前，我也是这么坐在屋子里，和X。其实我想坐在一群植物中间，看看上午的阳光与下午的阳光照在叶子上有什么不同。但好像从来没有实现过一次。两个大男人坐在草丛中，不太正常。我们也不咋说话，烟一根接一根地抽，茶一口接一口地喝，时间一点接一点地耗散了。偶尔也喝酒，或者踢球去，总之是呆坐着的时候多。下午的阳光总叫我心慌，尤其是初秋的时候。阳光洒在啥地方，啥地方就好像马上衰老，房屋即将倒塌，花草即将枯萎，少女即将老去……人们衣食无忧、世界繁荣似锦，但找不到叫我心安的东西。在我的胃和心脏之间的部位，一种莫名的慌张在升腾。有几次我实在忍不住，找个理由离去。我回到家，却更烦躁，于是走出来，漫无目的地在街上溜达。我说的这种情况发生在二十多年前的老家，我的老家有一条干涸的河与几座桥。我踌躇独行，碰见过一个年轻的女孩，她拎着一瓶家乡产的啤酒，边走边喝。我想过去和她搭讪，但终于没有。我是个胆小的鼠辈，这一辈子，干得最多的事就是"我想"。这么多年过去了，老家的河依然干着，河床长满了益母草。桥明显粉刷过，但遮不住破败的样子。我再也没遇见过独自喝酒的女孩，那种介于心慌和痒之间的感觉亦随着年龄的增长而逐渐消失。只有当我面对一屋子没有读完的书籍时，才略微感觉到这一点。这并不值得记录在案，更不值得有人花时间读它。我写下它，跟打牌、喝酒差不多，消磨时间罢了。

我读了很多关于隐士的书，书上说他们如何行为飘逸、啸声龙吟、言谈通脱云云。我疑心，隐士和谁说话？扯开嗓子喊，是不是耐不住寂寞，给自己制造动静？俗话说，大隐隐于市。跑到深山老林里，总有些装逼的嫌疑。我见过一些类似隐士的家伙。比如诗人阿坚，穿得和民工似的。比如作家刀尔登，像通缉犯。还有狗子，那就是个会喝酒的哑巴。他们的共同特点就是一直或曾经一直赋闲在家，和社会保持疏离关系。他们在家都干些啥？胡思乱想？我记得在阿里斯托芬的戏剧里，苏格拉底是个浑身发臭的人，家里到处是虫子。你怎么能要求一个哲学家去搞卫生呢？但的确，苏格拉底的味道直到现在我们还闻得到。他不事稼穑，终日思考人生的终极思想，包括跳蚤能跳到几倍于它自身的高度与蚊子的哼哼到底来源于它的嘴还是尾巴。这当然比整天思考如何升迁与股票涨落的人低了不知多少档次，况且苏格拉底也说过"有美德的人需要金钱"的明白话。但奇怪的是，人们只记住了苏格拉底这样的家伙。终有一天，我会死去，还原成出生前的状态。现代人彻底，一把火燎了，不像古人，骨骸还有变成鬼火的机会。从此无知无觉，啥都没有了，世界上的一切，都与你无关，这样想想就害怕。但我独处的时候，就愿意往这方面想，极力想象死后究竟会是怎样的一番情景。尤其在睡前，不去想这些，简直不可能。有时我也觉得这很无聊，但按捺不住。这种怪癖有益睡眠，我常常没思考多久，就昏然入梦。所以我从不失眠。人多的时候，比如在饭局上、地铁上，我也偶尔闪过此种念头，要是这些人明白死亡日趋临近，会不会有所改变。

早年间那种"闹心"于我早已消失殆尽，然而我并没有真的悟道。倘若活着只是几种感觉的拼凑，那么我斗胆下个结论：快感相当于爱,高潮相当于热爱,疼痛相当于恨,痒相当于爱与恨间的楚河汉界。解决它容易,比如此时,我在胡说八道,就在胡喷中挠痒痒。但没法子彻底解决,比如我胡喷完了,心里空了足球场地那么大的地方。我喝过大酒、熬夜赌过钱、连续五天做爱、连续半个月踢全场足球,事情发生前总是刺挠的,完事后就后悔。事情没有想象得那么好,很累很累。所以痒痒同时亦不容易解决,很多时候,我们不知道自己的痒痒肉长在哪儿。

谁能预知有人会动了自己的痒痒肉?又不是上帝。现在婚外这么多的闹剧,除了人们闲得慌,还有身上痒痒肉越来越多的原因吧。据我的观察和体验,那绝不是爱。有一阵子,我和一个姑娘比较暧昧。那姑娘也在中关村,我们在网上聊天,也约会过几次。见了面,双方都不太愉快,但极力装作愉快。不是那姑娘不漂亮,而是我找不到在网上聊天时的感觉——莫非她忘了带痒痒挠?我不知道她对见面有啥不满,但我看得出。后来她的公司居然搬到了我楼下,按理该联系更多,然而我们并没再约过。网上对话也少了。有几回我点开对话窗口,又觉得没意思,等到我辞职回家不久后,就把她从MSN、QQ上删除了。

附:湿一首

我没羞没臊地回来了
从930公交的东端,一个名字与北京有联系的土鳖小地方
回到通县
我在一个号称中国最大的小产权居民区租了一套60平的房子

顶楼，露台被封住

我打开所有带纱窗的窗户

让七楼的风

吹过勉强一米七的身体

再挂一盆绿色植物

妈的，七楼你还弄啥铁栅栏

每天有很多飞机掠过

它们很低

停着的小汽车被挑逗得直哼哼

我站在金属的封闭露台

仰望天空和飞翔

活像一个囚徒

晚饭后，我偶尔也散步

小区里种植着小面积的农作物

豆角、黄瓜、小葱、丝瓜、南瓜和一些常见的花卉

她们和我在街上遇见的那些姑娘一样

臭美、不甘庸俗，但逃不出庸俗的命

甚至还有苞米

宣布小区的住户不忘本

很遗憾，每座楼都有很多窗户在夜晚黑着

像熟睡的人

我喜欢南北通透的房子

喜欢通透的人

也在努力做个通透的人

但是，无论如何我都拥有不了一座南北通透的房子

在北京，我的朋友分为两类

有房子与没房子

我的朋友都有很多书

他们躲在书里不出来

他们说

看书就是看世界

看书就是为了看清楚世界

我爱看书，也爱那些庸俗的姑娘

从姑娘对我的态度得知

我是一个没有房子的男人

我很失败，站在长满庄稼的河堤上

（小区边，有一条流着黑水的河

它无偿提供垃圾袋一样多的蚊子）

我是一枚颗粒无收的苞米或高粱

我没羞没臊地

再次回到北京，混日子

没固定工作，没保险，没过节费

我的福利就是每天下午联通发来的幽默短信

还有一些中大奖的

还有就是听土著发牢骚

说村长赚了多少昧心钱

土著们游手好闲，每人至少养两条狗

他们彼此慰藉，交换不良习惯

在小区入口处摆地摊

出售蔬菜和闲暇

我不买啥

望着一楼的植物发呆

在我朝南的窗台

摆着三株不开花的植物

很奇怪，不浇水她们也长得很好

为了活得明白些

我努力研究哲学

但搞不懂为啥蚊子能飞上七楼

蚊子不爱读书

它们不喜欢灯光

灯一闭就嗡嗡

我努力做一名隐士

但我压根就没出过名

所以我从来就是一个隐士

我隐居在一丛草里

盼望从未出生过

但我活了四十年啦

还写了这么多叫人耻笑的文字

你愿意笑我就笑吧，骂娘也行

反正我躲在太玉园的一棵草后面

你也不认识我

我没羞没臊地活着

企图扮演一株植物

为了装得更像

我把上述文字

分

了

好

多

行

写完了，我发觉它不像一棵草，倒像一个痒痒挠。

红岩或者赤壁——任曙林《八十年代中学生》解读

庄涤坤

有些作品，在不同年代，在不同人眼里，或许有一万种解读方式，但作品本身，永远讲述真相。

北京市第171中学，原名红旗中学，始建于1958年，1978年被北京市人民政府定为东城区重点中学，1997年被联合国教科文组织授予"亚太地区全面提高教学质量优秀校"，2005年被评为北京市示范高中。

1979年，父亲是商务部副部长的"红二代"——任曙林，25岁，开始了主要在这所学校进行的"八十年代中学生"的创作，他说这"把自己救了"。也就是在这一年，政府批准广东、福建在对外经济活动中实行"特殊政策、灵活措施"，并决定在深圳、珠海、厦门、汕头试办经济特区。

就像陈丹青对他的描述，"这是微妙的年龄：距中岁尚早，青春期则已消隐，他分明是在凝视过去的自己；当然，孩子们更在妙龄：不再是儿童，亦非青年，英语将所有十三到十八岁的孩子统称为'TEENAGE'——将要成长，正在成长，少不更事，而一切人世的感知已如三春的枝条，抽芽绽放了。……改革开放迄今，'TEENAGE'男孩女孩的影像迅速增多，迹近繁殖，但多数是漂亮的演员、模特，属于被装扮、被预期的角色，此外就是当今校园形相划一的符号，不见个性。"

除此之外，还有三点背景不容忽视：从时间上来讲，20世纪80年代初中国大陆改革开放伊始，无论社会经济还是人的思维方式和世界观，都面临着一场巨大的变化，一场新的洗礼正在萌芽。而旧的东西并未褪去，五六十年代的教学楼、旧式的课桌椅、校园里朴素的设施依然屹立，这正是交接棒的关键点。从地点上来说，北京的这所重点中学显然更是走在了全国的前列，相对比作品中山东肥城县中学的学生，171中学学生们从穿戴和精神面貌上，明显更早地吹上了开放的春风。从人的因素上看，任曙林花了好大功夫在这所学校"隐形"了，习惯了被当做典型木偶"摆拍"的学生们，最后终于信任了这个老在学校逛荡的人，用最本真的面目面对他的镜头，没有这一点，这组作品的历史意义就会不同。

南方周末记者姜弘是这样记录其中一张照片的故事的：2011年4月30日，王琳接到了中学同学程文的电话，听说了有个摄影展上，其中一张照片上的人可能是她———程文大学毕业后回到171中学当老师，现在是学校领导。在北京做生意的王琳，一看到照片上26年前的自己，眼泪就掉了下来。影像中，她和一位男生隔着几张课桌低头看书。那是1985年，他俩正在北京171中学上高二。王琳和照片上的男生早恋，那天放学后，教室里就剩下他们两人了，他们坐在一起聊天。聊着聊着忽然听到有人要来，两人慌忙分开，走进来的正是任曙林，他按下快门，捉住了这个瞬间。

任曙林，中国摄影家协会会员，英国皇家摄影学会会员，四月影会重要成员。其代表作有：《先进生产者》、《1980年的北京高考》、《八十年代中学生》、《山区女孩二十年》、《气息》、《两个女人》、《云南风景》等。2009年至2010年连续两年获得《像素》杂志"年度摄影家"称号，2010年获得平遥国际摄影节优秀摄影师奖。2011年4月30日至6月1日在北京798映艺术中心／映画廊举行"任曙林《八十年代中学生》摄影展"，后作品由新星出版社出版。

73

74

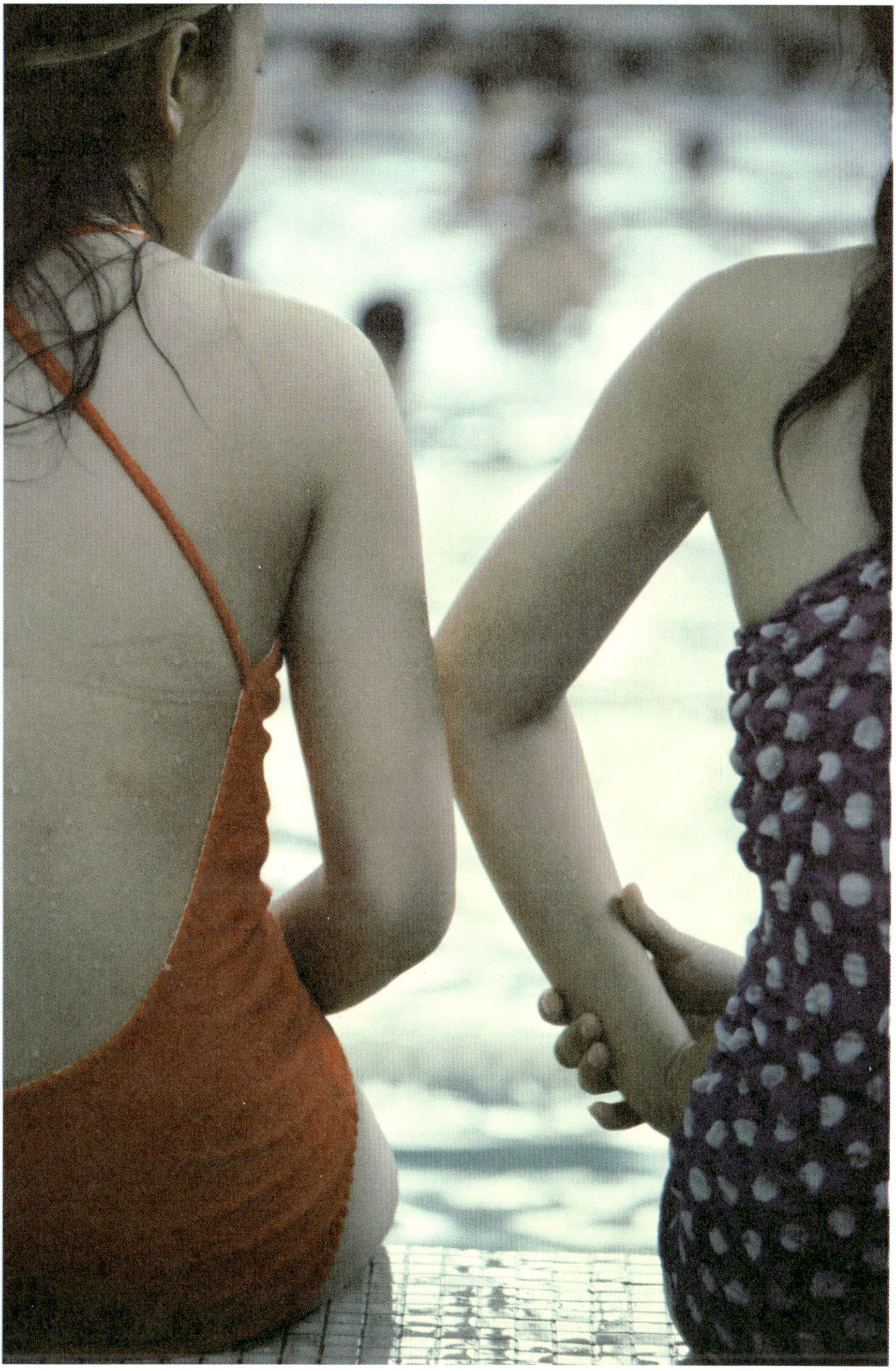

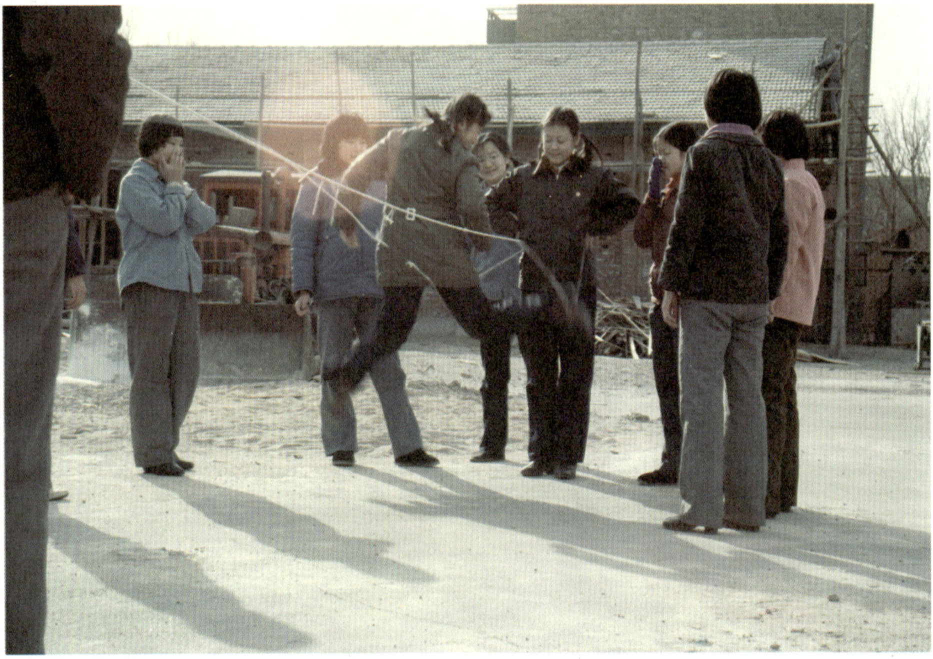

77

78

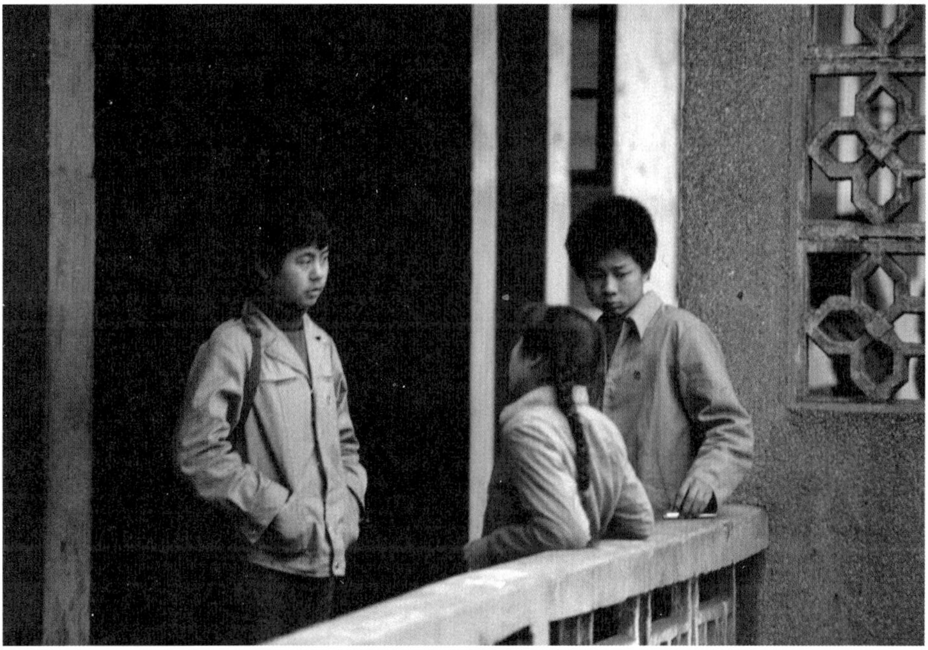

80

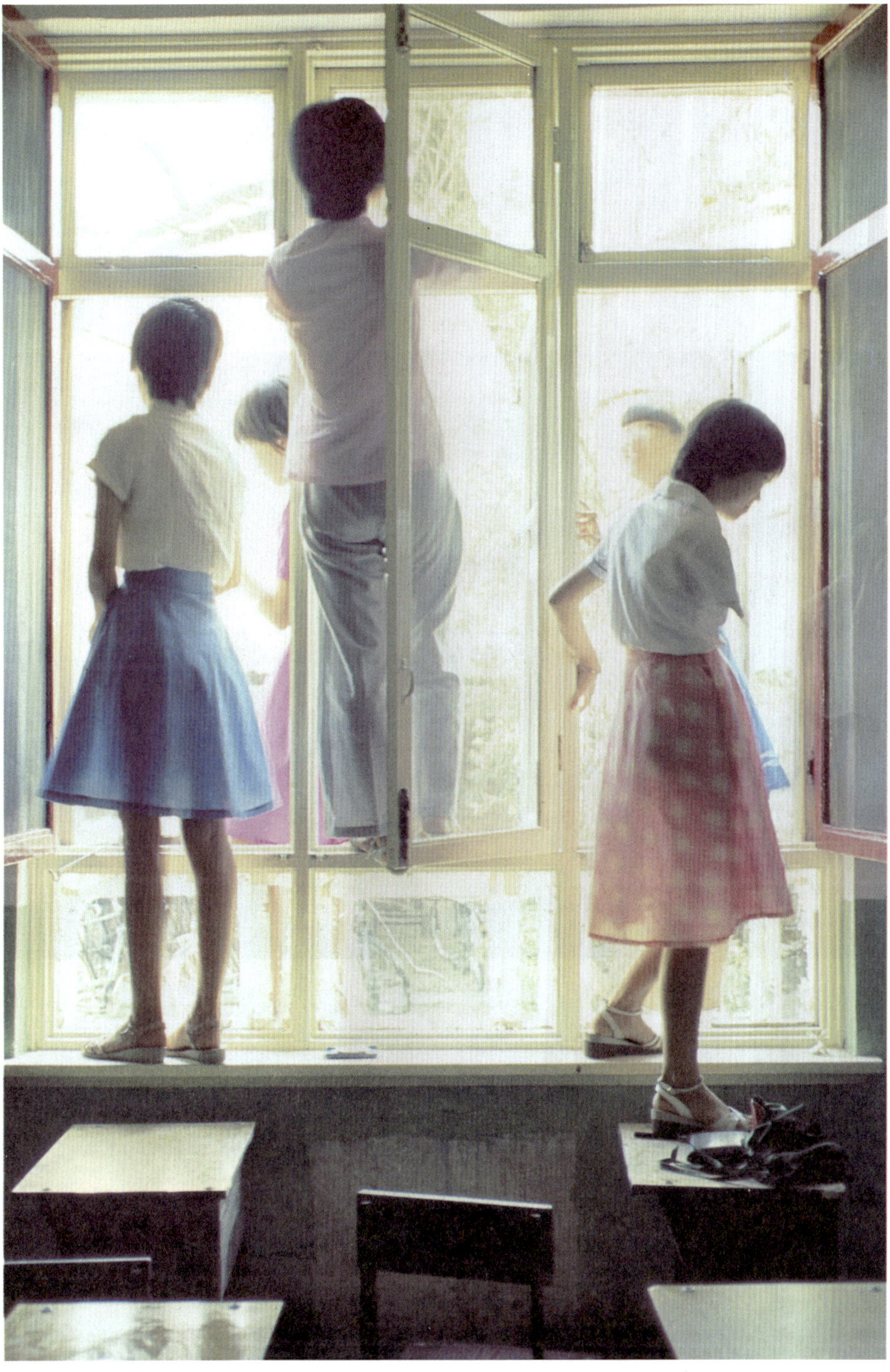

作，取得了良好的效果。
今年各级团组织要以党的全国
代表会议的精神为指针，配合党
政部门进一步做好转变
社会风气的工作
新人作贡献

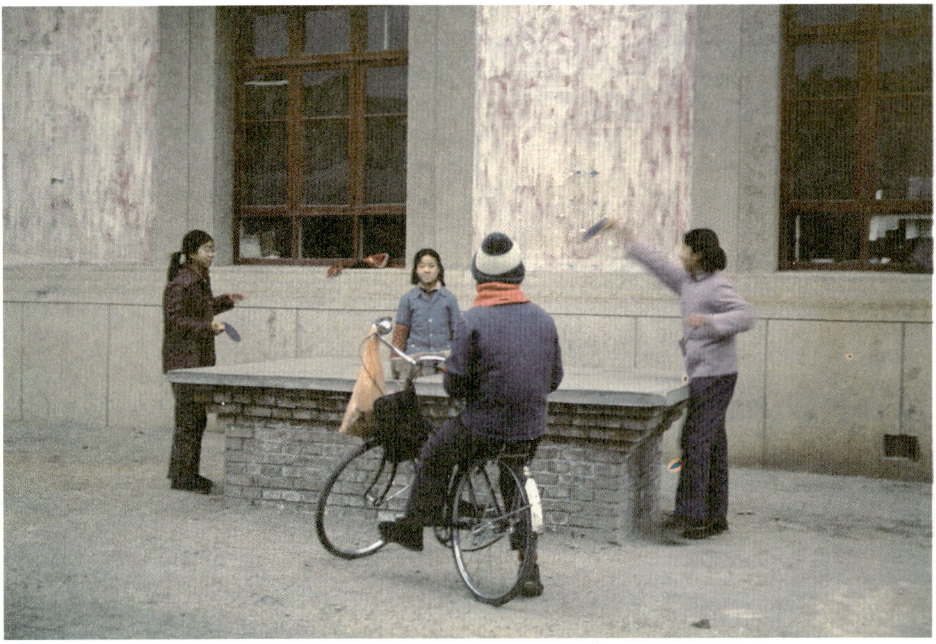

84

85

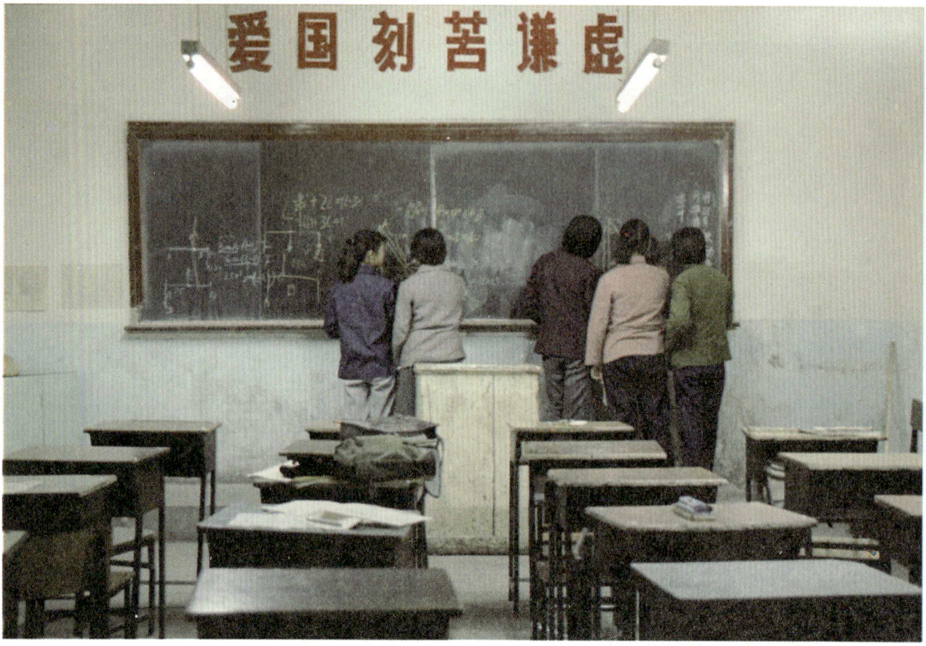
爱国刻苦谦虚

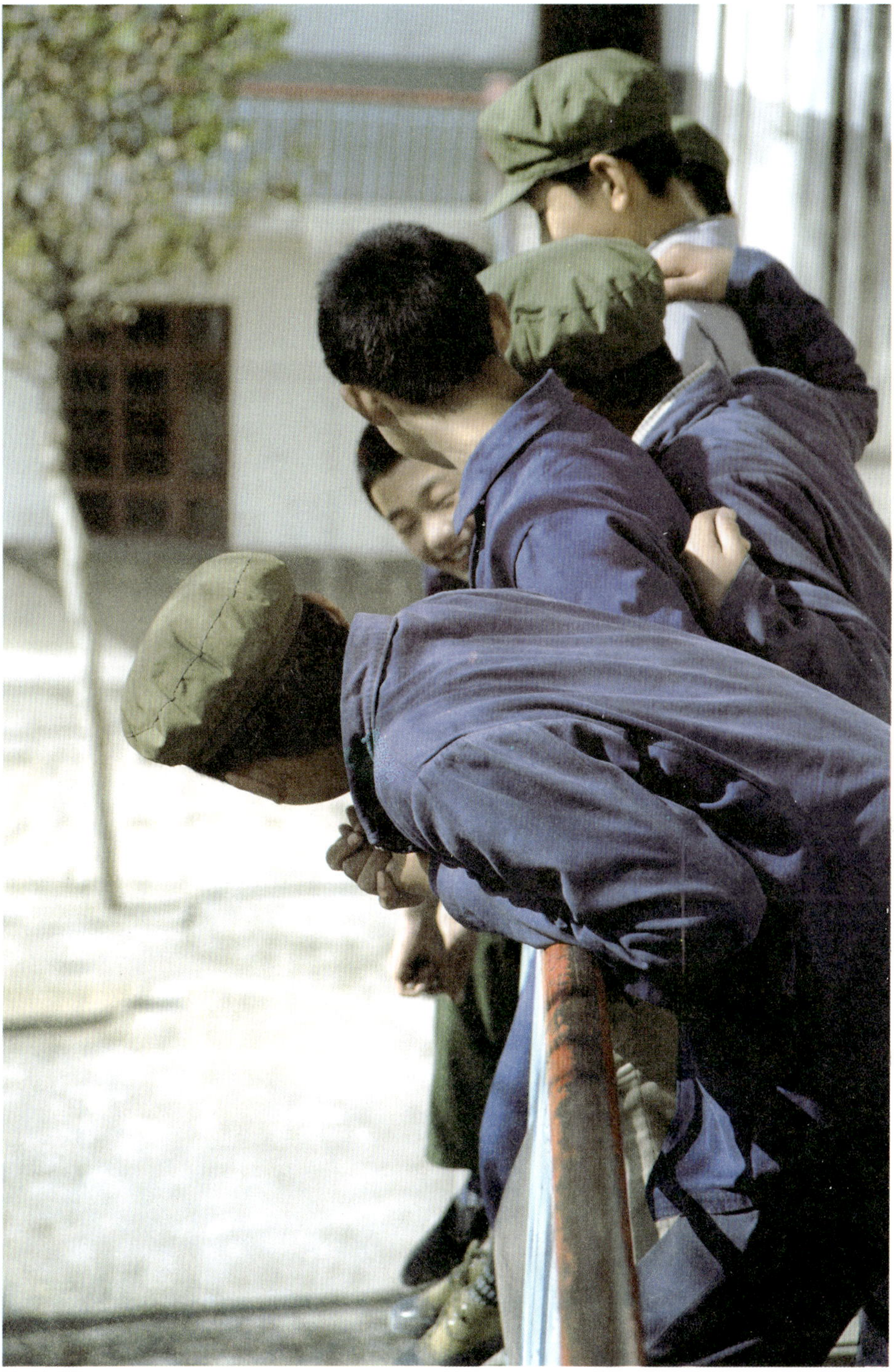

88

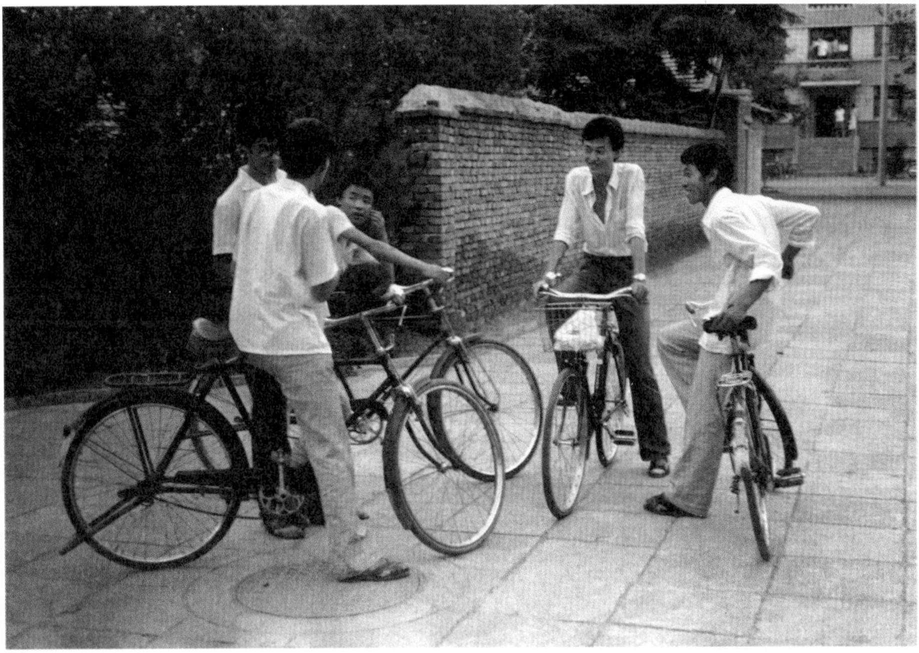

90

91

不带"身份"混江湖——图片解读

李亦燃

"身份"是一个极其荒诞的概念，就如同"圈子"一样，这是混的伎俩。从边缘混到主流，再从主流混到支流，最终海纳百川，有容乃大。

多年前我毕业于西安美术学院的雕塑系，后来一直画画、烧陶，参加过大大小小的一些展览，策展人和主办方总是扔给你一个画家或是陶艺家的头衔，再加上一些附庸风雅之徒，也总是艺术长艺术短的，直搞得是长短不一。结果没几年，我就厌烦了这类的愚者扎堆。于是背包北上，心想在北京混着也好。本是长安之人，偶居京城为客，始于寄人篱下，终于反客为主，倒不失为快事一桩。

平日里无聊，除了玩玩泥巴，抹上几笔颜料之外，便混迹于京城大大小小的剧场看戏，写写剧评，未料到后来竟还开了名为"戏剧拉灯"的专栏，时不时也在媒体上装模作样地指点江山，一下子就又被扣上了一顶叫做"评论人"的帽子，直闹得我哭笑不得。从一个圈子掉进又一个圈子，身份远不如身份证那么专一。我也就只好任尔风吹浪打，闲庭一会儿再信步一会儿了。

中国当代的艺术家，锦绣满眼却意多支离，东拉西扯竟不知所云，命笔无心只好敷衍终篇，陈词滥调外加叠床架屋，冗言赘句总感词肥意瘠。每每一得之愚，辄洋洋万言；但逢热门话题，必强凑热闹。我游离于不同的圈子，说不上旁观者清，倒也不糊涂。今天的我们太聪明了，满智为患，独缺淳朴愚钝。如同绘画，在绘画的意义之外，是否应该还原其本来面目，便是俗人口中的"好看"？我想我们要的远远不是无休止的控诉，而仅仅是一个小小的超越。

2006年的纸本重彩《断章》系列，材质是国画与丙烯的结合，外带了些许的银箔。在那年的上海艺术博览会上，一个日本画商出高价买，我想了想也没舍得卖。那几幅小画记录了男女之间的某些时刻，暧昧却也不失灿烂，仅仅只是记录，与其他无关，算是为自己曾经早逝的恋爱找了个不成文的借口。

2007年的《我们约定一起逃离这里》，是23岁生日时自己画的礼物。色彩还原到最初的红黄蓝三原色，再配上绿紫橙三间色，构建出梦里的景象，最是简单也最是繁琐。那时的画商带着这三幅画跑了不少地方，后来险些落入不爱人之手，翻山越岭后，最终还是安全回到了我的手中，算是失而复得，不胜欷歔。

2011年的9月，我用一个月时间写完了北京国际青年戏剧节的专栏后，便埋头画起了油画《山海经》系列，回到一个上古文明的世界，拒绝调和色，拒绝符号，单纯用色彩来架构，因为想象力远比艺术更为重要。可山海之美，又有几人能懂？仁者见仁智者见智，我想艺术家本身远不用做太多诠释，我能做的只有呈现。当艺术品成为了小资和伪文艺青年们趋之若鹜的噱头，成为了拍卖行飙升的阿拉伯数字后，我想我辈该做的就远不是光鲜亮丽的奉献了，恰恰相反，而是心甘情愿的牺牲。

因为我明白，我永远无法把自己献给你，但我可以献给你一个世界。

我还在继续画着《山海经》，继续去虚构一个上古的世界，它在当下的时光中也许就会有它自己的意义。我只是按照冥冥之中某个人的旨意，负责把不同的颜料安排在画布的瞳孔中，然后也只能这样了。

人的"身份"绝不能界定，因为界定便是囚禁。无论是绘画与陶瓷，或是码字，都是手段，仅愿殊途同归，左右逢源。甭管是混支流还是混主流，得心应手易，顺其自然难。

带着不同的"身份"混江湖，也得平分秋色，才能相得益彰。左手鸡右手鸭，一边金刚怒目，一边菩萨低眉，有波希米亚，有波尔乔亚，路还长，夜亦长，等脑门上长出年轮后，身份自然就没了，也就该混明白了。

李亦燃，80年代初生于西安。画家，陶艺家，著名文化评论人。第一视频新闻网《坐视天下》"亦燃易爆"文化栏目特邀主持嘉宾。毕业于西安美术学院雕塑系，一直从事绘画和陶艺创作，作品屡见于欧洲展览。2010年年初来京，阴差阳错介入戏剧圈，遂以"戏剧拉灯"的网名开始写剧评，成为京城戏剧圈知名专栏剧评人。

2004年 布面丙烯《我竟是如此向往希望》　90cm×70cm

2006年 重彩《断章1》　30cm×30cm

2006年 重彩《断章2》 30cm×30cm

2006年 重彩《断章 3》　30cm×30cm

2006年 重彩《断章4》　30cm×30cm

2006年 重彩《断章5》　30cm×30cm

2006年 重彩《断章6》　30cm×30cm

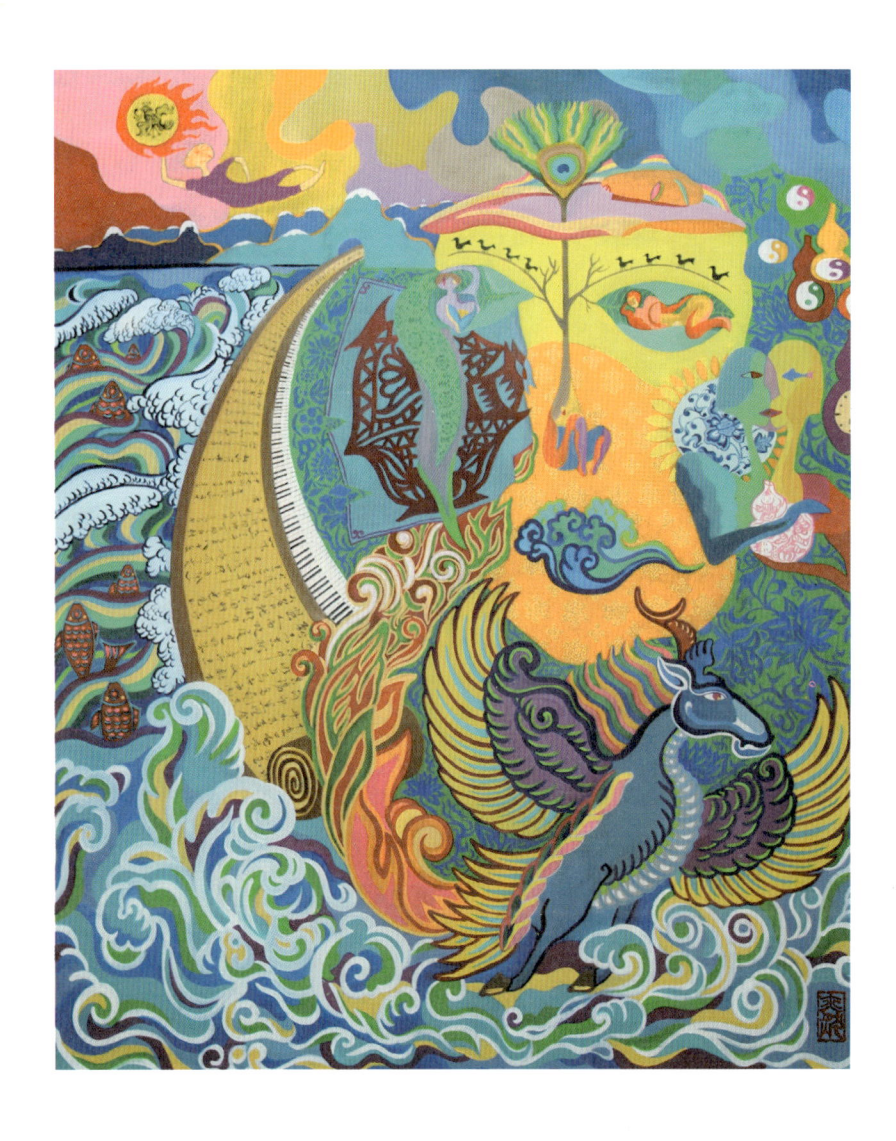

2011年 布面油画《山海经》1　180cm×150cm

2011年 布面油画《山海经》2　180cm×150cm

2012年 布面油画《山海经》3　180cm×150cm

一九八六年的"群"

老猫

我其实没什么发小,这和我小时候搬家有关系,一口气从公主坟搬到日坛路,原来的哥们姐们联系就基本切断了。那时候没手机呼机电话,再次相逢,都是几十年后。所以,早先的发小全归零。

1986年我上大学二年级。冬天有个同学叫吴小中的,叫我帮忙去印杂志。蜡板已经刻好,我们在一个破平房里推油印机,装订,还把印得不清楚的字,用钢笔描了一遍。印完就毁版了,天儿太冷,我们把蜡板点了烤火。那杂志太珍贵了,一共印了一百本,叫《群》。

吴小中说起杂志的几个作者,口气里充满了崇敬。葡萄长严文短狗子很牛逼。总之他让我感觉，我触摸到了一个未来的文学大师群体。到现在回头看，才发现吴小中特别擅长用这种口气说话，因为煽动性强。

反正当时我很想认识这些人，看了他们的文字后就更想认识了。这比我们文学课上写的东西好玩多了，关键是，他们总是写到姑娘。

我小时候混朝阳，全然不像这些人，基本混西城。那时候朝阳区还不是CBD，不是全国人民向往的地方，它只是一个工厂区，我这样的就算作文写得好的了。而西城区呢？重点中学云集，那才是搞艺术的地方。

结果认识了才发现，这帮人里功课有好的有不好的，关键不在好不好，而在抱团儿。聪明人互相影响，人就会越变越聪明，比如你说那杂志为什么叫"群"啊？我当时百思不得其解，十几年后有QQ群、MSN群了，才发现，原来是预言了新的生活方式。

我问吴小中要了电话号码，给葡萄家打了个电话。当时我刚知道他叫黄燎原，我说黄燎原啊，我是吴小中同学，我想认识你。他说那就来吧。我就在某个晚上，拎了瓶四特酒，去他家。新华社一宿舍楼，十四层。

大半夜的，没啥吃的，就炒鸡蛋。我说我鸡蛋炒得好，黄燎原说那你炒。他在旁边看着，又说你这手艺也不行啊。怎么不行了？我吃着挺好。后来N多天，黄燎原炒了一回。我这才发现，炒得好是要整个炒，连炒带烤。这不赖我，我们朝阳就喜欢碎着炒。

话题从一开始就和文学没啥关系，我们迅速找到的共同点，是英语真特么难学。他燕京华侨大学的，专门学英语，越学说得越不像。后来我们说烦了，就喝酒，喝着喝着酒就变成常态了。我去黄燎原家好些回，基本都是个喝。慢慢的，喝酒频繁，就认识了狗子、李晏、高穗儿、坚子等等一大堆人。要说正经吃过几顿饭，都是和李晏在新华社食堂吃的。李晏这个人，叫人佩服，这个一会儿再说。

具体顺序记不清楚了，但很多顿酒就像在昨天喝的一样。有一次，六个人在黄燎原家喝葡萄酒，雷司令，刚开始就两瓶，显然不够，就下楼买，最后买了六回，十二瓶，平均一人两瓶。

那天的高潮在喝多了以后。我记得酒差不多的时候，我感觉胃不舒服，就去厕所吐去了。不愿意让别人看见我狼狈，我还把门插上了。结果吐完刚想出来，又难受，又吐，印象这个过程没多长，但据说惹了大麻烦。因为吐是传染的，一个人难受，其他人也跟着难受。所以大家都要吐，可厕所只有一个，门敲得震天响我就是没听见。结局就是，黄燎原家悲剧了，一片狼藉。黄燎原后来跟我说，狗子都失禁了。我一点记忆都没有，怎么从厕所出来的，怎么收拾的，怎么回家的，根本无记忆。

多年以后，我有了房子，弄了三个厕所，就是为了避免这样的悲剧发生。

另外一次，是李晏从北京站捡回一个俄罗斯人，此人是学世界语的，和北京一世界语爱好者搭上了，来北京见网友，好像是被放了鸽子。好心的李晏把他接回来，一起吃吃喝喝。我蒸了条鱼，没蒸熟，本来想再蒸的，但小俄没给机会，几乎一个人就给吃完了，一看就好久没见荤腥了，还说这是他这辈子吃到的最好的鱼。然后又对撅二锅头，一大杯酒，他还以为是伏特加呢，一口闷，喝完连声说好。是好，那时候二锅头都是六十八度的。

小俄喝爽了，非要把他带的列巴分给我们。又黑，又酸。黄燎原说你这是人吃的东西嘛？喂牲口的吧？他也没听明白，一个劲儿点头。后来叫人下楼，买了切片奶油面包给他吃，充分体现了改革开放的中国比改革开放的俄罗斯过得好。

这顿酒发生的比较晚，应该是有了互联网以后。但结局我也记不清楚了。经过和李晏核实，第二天，李晏把他发武汉去了——找他的世界语组织去了。

黄燎原家成了我们的据点，我从对黄燎原等人的好奇逐步转向钦佩他爸他妈，得有多大的胸怀才能容儿子招一帮人在家折腾啊。

还有一顿酒在西单豆花庄喝的。那时候钱不多，大家凑钱喝酒，豆花庄是个小吃店，所以那么多人聚一起，特别扎眼，服务员也烦。这个时候高穗儿就来劲了，背了个军挎，不停把盘子碗勺子啥的往里塞，居然给塞满了。然后结账，然后大摇大摆走出来，很镇定地从西单走回新华社。一进新华社大院，高穗儿再也抑制不住初次盗窃得手的兴奋感，向前飞奔而去。

地上长长的金属水管把他绊了一跤，他就摔了。事后清点，那一跤摔得相当彻底，整个书包里，只有一把勺子是完整的，其他的都成了碎片。

高穗儿是我们这一群里学习最好的孩子，后来去了美国。所以我说，人是否聪明，和功课好不好没什么关系。

还有一次酒，是在李晏家喝的。李晏在鲁谷有间房，成了祖国各地文青、特别是女文青的据点，谁从外地来了没地方住，就跑他那儿投宿。李晏是个大好人，自己一直单身，却对各路妹子不染指，即便他喜欢哪个，也不好意思开口，后来就变成兄妹相称了。所以他是积攒人品、好人卡最多的一个人，妹子们对他是既感激又放心。

那阵李晏家暂时没有妹子借宿，我们就去那里喝酒，大家喝完后走人，一群男女在马路上溜达。狗子走在最前面，恰好有辆小公共汽车开过来，一点不减速，差点撞到狗子。

这事双方都有不合适的地方，狗子不该走马路中间，小公共汽车不该不减速，更不该的是，司机下车破口大骂——黑夜里，估计他没看见狗子身后还有十多个人呢。反正这个司机太嚣张了，结果一下把"群"们招来了。我记含糊了是谁，不是狗子就是李晏，反正是人品最好的，抡起啤酒瓶照着司机脑袋就一下，然后大家做鸟兽散。就听见黑夜里一个凄厉的女声喊起来：杀人了……那是售票员喊的。

那喊声太夸张了，其实没把他怎么样。

说两句李晏吧，他是新华社图书馆的管理员，热爱摄影和戏剧。在我印象里，世界上最出名的图书管理员有两个，李晏就是第二个。要单论人品，李晏是第一个。他对哥们、朋友、需要求助的人非常好，当然也有不客气的时候。小姑娘和他约会要是迟到了，往往会招致他的训斥。但实际上他的心肠特别好，我们的心肠都挺好的，但李晏还要高出大家很多。经过多年的坚持，李晏已经成为拍摄话剧最多的摄影师，堪称话剧的活化石，李晏最值得学习的，是他的坚韧和热心。

现在说说狗子。要说狗子还是我同行，广院学新闻的。刚认识他那阵，他们一帮人好像刚揍了广院的一个小子，反正从他们嘴里了解，那人特欠揍，老骚扰女生还牛逼哄哄，反正就引起公愤被揍了。但狗子很瘦弱，文静，不像爱打架的样子。

狗子家住三里河，环境有点像部队大院。狗子住在一层，屋里有张木板床。狗子就在这床上喝酒，下了床写东西。当时他有个小女友,最著名的段子是,有天狗子骑车带着女友在街上,正好一辆大巴驶过,里面坐了一堆来京旅游的外国学生。外国同学看见姑娘,在窗子里一个劲地喊"I love you!",狗子女友马上回应"So do I!",还给了人家一个飞吻,引起一片喧哗。狗子英语不是很好,但这两句也听明白了,说他差点从自行车上掉下去。

那个瘦弱的女孩后来真的嫁到国外去了。N多年后她回北京,李晏把她带回到酒桌上,真没认出来。人胖了,已经是俩孩子的妈。

狗子后来换了个女朋友,也是个写文章的。按说俩人各写各的相安无事吧,可也总是吵架。有天不知道为什么急了,女的把狗子的东西从窗口扔出去(幸亏是一层),让狗子滚。狗子就出来了,坐外面马路牙子上抽烟,抽了几根烟后突然反应过来,这是我家啊怎么让我滚……当然这个段子可能有演绎的成分,我是听黄燎原说的,二手段子。

总之,狗子是个沉默寡言的人,酷爱喝酒,当时我记得狗子白的啤的都喝,后来主攻啤的了。那时候喝酒不用去商店,也不用去饭馆,小区里都有推着三轮板车的大叔,车上拉着一箱又一箱的啤酒,在小区里喊一嗓子:"换啤酒了。"大家就拎着空瓶去换。我记得当时主打的是北京白牌儿,一块钱,后来很少能换到,都是燕京了,燕京最便宜的时候七毛钱。燕京就靠着便宜和乐意上板车,击溃了北京白牌,虽然大家普遍认为北京白牌更好喝一点,甚至击溃了向来以贵族老字号自居的五星啤酒。

我觉得狗子一定对换啤酒大叔的板车印象特深,天天见啊。前些年狗子搞行为艺术,还骑个板车驮了一车啤酒在京郊大地上畅游来着。

狗子大学毕业去了中央电视台，没干多长时间就出来了，受不了。那地方我都受不了，就更别提狗子了。

狗子当时的东西就已经写得很好了，比如他写过一个大胡子音乐家，在舞台下面埋了地雷，当演奏到最高潮时引爆，把自己和整个乐队炸上了天什么的。但狗子发表作品时遇到了困难，因为他的名字。有次一家杂志都发稿了，主编觉得他的名字不雅，非要改成"子苟"，狗子死活不同意，最后就因为这事，稿子没发成。

狗子也经常弄出些搞笑的事情来。那是去十渡爬山，我们一大帮人，头天晚上先到农民家里，男男女女睡在一个大通铺上，但根本就睡不着，就讲笑话，说是三个登山家，也是睡在这样的通铺上，第二天早晨，睡在左右两侧的二位都说，自己梦见媳妇了，而睡在中间的那个人，说梦见的是滑雪。

当时大家都笑了，连女的都笑得乐不可支，狗子却没懂，一个劲儿问你们笑什么呢？可谁都不跟他解释。到了第二天，山也爬完了，大家在路上走，狗子突然想明白了，一个人狂笑，大家都莫名其妙，他说，他终于想明白昨天晚上那个笑话了。我们都觉得狗子本身比笑话更有意思。

那次爬山还发生了件事情，就是半夜睡不着，大家最后决定连夜爬，找了个野山就爬了。山上全是直上直下的峭壁，反正晚上看不清楚也不知道害怕，就爬。狗子一直在念叨："你说咱们爬这山有什么意义么？有意义么？"

狗子还怕驴。就在他想清楚笑话后没多久，路上来了一驴车。狗子吓坏了，直接就跳到路边的沟里。

不过狗子也有胆大的时候，就是喝多酒之后，喜欢上桌子。一次大家成群结队去亚运村啤酒节，因为那的啤酒免费喝，所以狗子就喝多了。喝多了之后转到了一个小舞台前，那是厂家为了招徕酒徒们搭建的，有艳女表演。我们到的时候，恰恰表演告一段落，舞台是空的，大家百无聊赖。狗子就爬了上去，在一片呼哨和叫声里，倍儿得瑟地跳起来。

翟慷我不是很熟悉，就在二里沟一个楼前见过一面，因为看过他写的诗，所以一见面就知道。那次好像要去喝酒，翟慷有事去不了，就说了几句话。再后来翟慷就消失了。二十年后，他从英国回来，倒是交往得挺多。他很谦和。他似乎想做影视戏剧，说电视剧还能挣点钱，我记得吃饭的时候他和我说，几十万根本不算多啊，咱们喝上一两年酒就没了。

现在差不多一两年过去，酒喝着，几十万压根没弄到手。

严文，当时是"群"里最资深的一位，因为他主编《群》，居然又是北大数学系的，感觉高深莫测。后来编《闲散的神话》的时候，吴小中把我写的一篇稿给他看，他显然没瞧上，只说了一句："这老猫怎么那么逗啊。"

那阵大学生时兴勤工俭学，可找个营生很难，不像现在，只要不要工钱还是有地方收的，那时候勤工俭学是新鲜事物，没人张罗。严文在宿舍里批发贺年卡，我还跑去批了点，回学校在食堂门口摆摊卖。头两天生意不错。后来我们一同学，看我卖得欢实，要我介绍，也给他批点。我就没动脑子，转手让他找严文去了。他从严文那弄回贺年卡后，立马把我卖卡的地方占了。我不好意思说，只好转到另外一个人不怎么多的食堂，生意差得一塌糊涂。

几十年后我才想出正确的做法：从严文那批来卡片，加价后转卖给同学，让他摆摊我不干了。可惜啊，这么多年了……我真不是个买卖人。

后来我去退卡的时候，严文有点不乐意，意思是还没人找我退卡呢……可刚开始，说的也是代销。总之，这单生意做得相当不成功。

再后来，我去报社实习。报社的编辑们都很怀疑我，人家下班了，已经累得五迷三道赶紧回家，我却一通忙活打电话约局，好像一天才刚刚开始一样。他们就问我你干嘛去啊？我说去混啊。大致把哥儿几个情况一说，他们就惊了，现在的年轻人都这个状态啊？就说你写写，写完发了。我就写去了。这就是《走向生活一群人》，写了一堆发小，发表于《中国青年报》。

写完要拍照片，就约酒，叫李晏帮着拍。那天先在五道口喝，我们都学天津人说话，觉得挺好玩，后果是结账的时候老板算花账，想多收我们这些"外地老帽儿"的钱，被严文一眼识破。之后又去北太平庄喝啊拍的。后半夜了，严文骑车带我回学校。

再后来，严文死了，我也有一阵子没露面，他们以为我也死了。结果是我活着。

我和严文属于将熟没熟那个状态，印象最深的，就是他总抱着一个大香烟盒子，就是放整条香烟的那种长条盒，里面都是过滤嘴连在一起的香烟。过滤嘴在中间，两头是烟，抽的时候得拿把剪子从中间剪开。严文他妈妈是卷烟厂的，所以他有这样的烟，和他在一起就意味着烟可以敞开抽了。

这些人中，最称得上发小的是一个叫余云斌的，我中学同学，画画的，人特慈厚。他是我拉到这个圈子里来的，然后他在工艺美院的学生会混了个职务，又拉我们这群人去拍电视剧。那次拍摄以在食堂打架告终，原因是另一个人想拉我们的女主角去拍裸露镜头，可当时他们没想到，女主角与黄燎原已有私情，这事不就变成恶心人了吗？恰好在食堂碰见那个不长眼的家伙，狗子率先冲了上去……

不过那次打架我不在现场，原因好像是我在和人打麻将，连晚饭都没想起来吃。

小时候我们干了很多有头没尾巴的事儿，相当不靠谱。所以留在记忆里的，大多是过程，喝酒打架闹腾。过程比结果重要啊。要都干成了，这个世界得出多少蒋方舟啊，那太可怕了。

最后再说回吴小中，要说干成什么事了，还就是和吴小中去了趟西藏。我们俩拿了中央台军事部的介绍信，先坐硬板到西宁，再搭军车进藏。那时候西藏可不是这么容易去的，但比现在有风味得多。每当看到现在有文青拿着在西藏拍的照片在网上显摆，就觉得你们那也叫去西藏？

当然那也是一个很长的故事，以后有机会再说吧。

劳伦斯:"性"轴心的世界

翟延平

D.H.劳伦斯(David Herbert Lawrence, 1885~1930)是上世纪初英伦文坛最耀眼的明星之一,同时,也是最具争议的作家之一。许多读者经常把他与色情文学联系在一起,其实劳伦斯并非"色情"二字所能概括,他只是终身以自己特殊的文学方式来探索和表现着两性关系的真谛。

劳伦斯生于英格兰中部的矿区,父亲是矿工,酗酒成性,母亲婚前曾任教师,她努力提高两个儿子的文化水平,以期使他们逃脱做矿工的命运。劳伦斯的哥哥威廉夭折后,母亲全力培养劳伦斯。劳伦斯初期厌恶父亲，深爱和保护母亲，"恋母情结"明显。成年后，他与乡村少女杰西·钱伯斯相遇相爱，但遭到他母亲的强烈反对，两人最终分手。1912年，劳伦斯与厄尼斯·威克利教授之妻弗里达·里奇德芬相爱并私奔。期间，劳伦斯创作自传体小说《儿子与情人》。小说讲述粗犷、感性、开朗的父亲与细腻、内敛、含蓄的母亲之间的矛盾。强势的母亲压抑父亲，并将全身心的爱赋予自己的儿子，并再三对他们的爱情进行干预，母爱如同桎梏，令儿子们感到窒息。小说中不难看出，劳伦斯本人似在表达对父亲的同情和对母亲的谴责。

第一次世界大战（1914年8月~1918年11月）的动荡年代给予劳伦斯丰富的灵感，他倡导建立一个大同社会，人们和睦相处，从现实生活的琐碎争端中解脱。尽管劳伦斯终生追求这一理想，却从未真正实现。

1915年，劳伦斯创作小说《虹》。《虹》讲述三代农民的故事，反映了三代人不同的婚姻理念，由于小说中对性爱场面的大胆描写，当时在英国遭到了查禁。劳伦斯随后的作品《恋爱中的女人》（1921）继续了这一主题，同样受到了严厉批评。此后，《查泰莱夫人的情人》（1928）问世，作品表达了对工业化的憎恶，认为现代文明由于工业化的异化作用而沦丧，呼吁建立新型的两性关系，拯救文明。劳伦斯将该小说视为其文艺生涯的代表作，但它直到1960年才获准在英国正式出版。劳伦斯生前多遭同行抵制和驳斥，然而他的声誉却在20世纪下半叶不断提高，并被誉为最有开拓性和影响力的作家之一。

劳伦斯作品逾六十部，堪称高产作家，其作品主要以"色情"著称。尽管人们经常将其作品与色情文学联系在一起，但不少专业人士认为，劳伦斯是一位思想深邃的理想主义者。他倡导打破工业文明对现代社会形成的束缚，建立新型的人际关系，尤其是新型的两性关系，进而建立新型的和睦社会。劳伦斯的思想具体如下：

一、两性关系的重要性

劳伦斯认为两性关系这种联系是最重要的。他曾写道：

> 对于人类，重要的将永远是两性关系。
> 两性关系将永远变幻，永远是人类生活的核心。不是关系中的男、女、孩子，而应该是两性关系本身的这种联系。

劳伦斯认为调整好两性关系是拯救现代文明的最佳方式。在《启示录》中他写道：

> 人类最渴望的是他生命的完整性与和谐性，而不单单是拯救自己的灵魂。人类首先最渴望在生理上得到满足，因此，即便是仅仅一次，他在肉体中并充满能力……如同花鸟兽一样，人类最高的胜利是保持活力……此时此地生命中伟大的意义在于我们在肉体中，哪怕是仅仅一次。我们应该在生活中、在肉体的宇宙中，热情起舞，在肉体中激情四射……我可以击碎各种联系……我们需要的是打破那些虚假的，非有机性的联系，尤其是那些与金钱有关的联系，重新建立充满活力的有机联系，与宇宙、太阳、地球，与人类、民族和家庭的联系。

劳伦斯笃信基督教，但他信仰的是他自己的教义。劳伦斯的上帝是内在的，是无穷无止的生命活力。他认为，宇宙无始无终。宇宙永无起始，也永无终结。生命本身这一创造性的神秘事物，过去永远存在，今后也永远存在。因此，生命力是无始无终的最基本的存在形式。宇宙与人是个有机的整体，我们是宇宙这个宏大机体的一部分。生命无穷变化，充满创造性。它永不会重复过去，也不会按照一个固定的模式、概念发展。因此，人类最高的境界是与宇宙的活力合为一体。为此，男性与女性必须阴阳合一，这才是生命力的本源。

劳伦斯认为，宇宙最核心的部分"是无意识的，必须通过触摸去感悟"。人从过去的经历中抽象出概念，概念毫无生气，是毫无活力的理性思维。人越理性，他的生命力就会越发受到压抑。随着工业化的深入，我们已经陷入文明的沼泽。那种刺激我们步入机械化社会的意志，将我们异化，榨干我们所有的生命活力，同时，教育成为自我退化的过程。工业化使人类理性和文明化，也抑制了人类体内的自然活力，最终导致社会解体。

为获得生命本源，与宇宙活力结合，人必须求助于本能和直觉。劳伦斯信仰的是本能与直觉，而不是"理性"。"我们已经荒唐地聪慧到如此地步，连自己是什么都从来没弄清楚。"劳伦斯批判卢梭关于"智慧与意识"的理论，认为卢梭倡导由头脑意识指挥意志，忽略"血液意识"（男性原始本能野性——笔者注）是不正确的。劳伦斯认为，这正是时代的悲剧，因为"对意识的压抑意味着活力的灭绝"。当"头脑意识"主宰"血液意识"，我们的生活分崩离析。劳伦斯没有明确阐述生命本源的来源，但从《查泰莱夫人的情人》中，我们可以看出，在劳伦斯心目中，潜意识会使我们靠近生命本源。

劳伦斯认为，二元性是宇宙的重要属性。在《旧约》中，太阳、天、光、火和智慧是雄性的，在《新约》中，月亮、地球的黑暗，水和激情是雌性的。男女也分别是宇宙中的雄雌两极。若男是"自我"，女便是"他我"，反之亦然。男性有超越自我、探寻未知的他我的欲望。男女对于彼此都是最神秘的未知。如若自我毫不了解他我，男女就不能融为一体，彼此的生活将毫无意义。劳伦斯认为生命本源来自本能和直觉，而不是理性。他主张，取得生命本源、保持活力最自然的方法就是男女身体的结合。

二、两性关系的调整

劳伦斯认为，工业化产生了一个庞大的中产阶级，造就出一批批专门擅长摧残男性血液意识的理性强势女性，男女冲突的实质是血液意识与头脑意识的斗争。在工业化、知识化的背景下，知性的女性，在对抗感性的战役中具有天然的优势，社会上进而充满理性强势女性和在精神上被阉割失去创造力的男性，这终将导致社会的解体。劳伦斯甚至认为，这种社会畸形是导致第一次世界大战的重要原因之一。男性为了图生存必然会主张调整两性关系，期望男性血液意识成为主导，进而拯救错乱的人类。很多人认为，夫妇结婚后就会相安无事，过上幸福生活，劳伦斯认为这是非常不切实际的想法，因为丈夫将不可避免地在融合中丧失独立性。劳伦斯呼吁两性间保持"星际平衡"，在交融中仍各自保持个性。

劳伦斯的小说，分别从不同年代两性关系的视角阐释了以上理念。

《儿子与情人》既是一部关于两性矛盾、感性与理性抗争的小说，也是一部关于"恋母情结"的自传体小说。小说出版于1913年，是劳伦斯早期代表作之一，也是迄今读者最多的作品。

故事发生在英格兰矿区。格楚德出生在虔诚的基督教中产阶级家庭，是一位典型的受过良好教育的知性女子，为人体贴，机敏善辩，通晓哲学。其夫莫莱尔是充满活力的矿工，开明聪慧，虽未受高等教育，却举止文雅，深深吸引着格楚德。两人婚后生活幸福感锐减，双方感到彼此没有共同的情感基础。长子威廉出生后，双方关系进一步恶化，格楚德对丈夫失去信心，将所有精力转向威廉，威廉成为她的生活核心，丈夫沦为家庭收入的来源，别无他用。莫莱尔非常嫉妒威廉，并剪光威廉的头发以示报复，夫妻关系无可挽回。自此，莫莱尔有家不归，格楚德熟视无睹。

莫莱尔随后酗酒成性，家庭经济状况不断恶化。一夜，他醉酒晚归，反感格楚德的抱怨，竟将其赶出家门。事后，他为此愧疚，可毫不悔改。孩子们内心充满矛盾，虽站在母亲一方反对父亲，憎恶父亲的粗野、酗酒和对母亲的粗鲁，却喜欢父亲酒醒时与他们玩耍，喜欢他远离尘嚣时的那份自信和通身散发出来的阳光爽朗。在理性强势的妻子的压迫下，莫莱尔作为丈夫，无法扮演应有的家庭角色，当"夜晚无事可做的时候，他心情很糟"，由于他经常马马虎虎，终在工作中受伤瘫痪，成为一个肉体和精神上均瘫痪的人。这个曾满身朝气的阳光男孩的生命烛光就在现代工业化和理性文明的风中熄灭。

莫莱尔的瘫痪，绝非家庭悲剧的终止符。格楚德爱恋上次子保罗，保罗的"恋母情结"也使他丧失爱的能力。格楚德的知性之火将保罗的爱的能力燃烧成灰烬。由于她的强力干涉，保罗最终与女友梅丽安分道扬镳。保罗从父亲身上继承的感性活力终于在与新女友克莱拉的纯肉体关系中得以迸发。

小说重点围绕两个主题展开：母爱对儿子感情生活的摧残过程以及肉体与精神之爱的裂变。保罗对母亲充满爱，但也同时厌恶她成为自己婚恋生活的枷锁。按照弗洛伊德的心理分析理论，儿子由于嫉妒而痛恨父亲，同时又喜欢他男性的气魄，对其个性被母亲摧残表示同情。不难看出，这些也是劳伦斯自己的家庭生活感触。

《儿子与情人》中，血液意识与头脑意识进行了激烈的对抗，父亲莫奈尔是彻底的失败者，知性清教徒母亲格楚德使这个原本活力四射的男人变成了一个残疾的醉鬼。小说中，劳伦斯对莫莱尔表达了深刻的同情。莫莱尔婚前是如此的迷人：

> 莫莱尔当时27岁。体态健美，身姿挺拔，留长须，面颊红润，笑声爽朗，红红的湿润的嘴唇格外迷人。
>
> 他通常喜欢戴着围巾出门。现在出门前他还要梳妆打扮一番呢，梳洗时他的气息中满怀热情，匆匆赶去厨房照镜子时充满快意。

劳伦斯对女性知性的反对，对男性感性的支持，在小说中表现得淋漓尽致。劳伦斯认为，莫莱尔一家的悲剧是知性女性（受过良好教育、高等理性的女性——笔者注）打破星际平衡的后果：知性女性主导性的爱使两性距离过近，从而造成对男性的摧毁性打击。面对严峻的现实，保罗最终选择抗拒知性女性，放弃知性女友梅丽安，实际上是对其母的一种摈弃。

劳伦斯的另一部作品《虹》继续了男女两性斗争、理性与感性抗争这一主题。

劳伦斯主义的核心是反对文明对自然的损坏、女性对男性原始生命力的压抑,这一观点在《虹》中进一步得到体现。劳伦斯反复强调夫妇保持距离的必要性。在这部小说中,布朗温一家三代为保持平衡的两性关系而抗争,这种平衡实质上代表着男性与自然世界的本能同一性的平衡,代表着工业社会的知性和复杂性的平衡。因此,这部小说可以说是《儿子与情人》的续集。

故事中的第一代人汤姆和利迪娅曾就构建和谐的两性关系进行过努力。他们如彩虹一般相遇,"跨越天际",女儿安娜在"他们的天空下自由地欢愉"。他们婚后曾一度相敬如宾,汤姆寻求两人精神上的和谐,然而两人的婚姻却是纯粹建立在肉体结合上。由于利迪娅性情怪异,两人交流不畅,但隔阂最终在肉体的欢娱中消失。劳伦斯认为,这种建立在精神隔阂和肉体欢娱上的和谐是一种低层次的和谐,既不是"天空中的桥",也不是象征两性和谐的虹,因为这是建立在丈夫强势、妻子从属的不平等之上的。

随着工业时代的到来,旧的人际关系逐步被新型的人际关系淘汰,男性不断在婚姻中丧失强势地位,他们留恋旧时的光辉,在肉体上寻求满足,因为这是他们占强势地位的唯一标志。正是在这种社会背景下,老汤姆取得了家庭的和谐,但值得注意的是一旦这种两性交流由于生理性原因间断,男性的夫权地位也就不复存在。

第二代人,安娜与威尔之间的爱情更加曲折。蜜月伊始,两人就因信仰、个性的不同开始争吵。只有当深夜降临,两人在原始欲望的引诱下才能擦出爱情的火花,但这却难以消除两人精神上的隔阂。威尔在性格等方面和汤姆非常相近，只是他在面临妻子的挑战时显得无力。安娜是当时女性的典型代表，好像天鹅绒手套中的铁手。她崇尚文明，而威尔沉浸在激情与欲望之中。安娜取得最终胜利，她留给威尔的别无他物，唯有惶然的恐惧和静寂的忧郁。威尔笃信基督教，他只能从教义中"女人是由男人的肋骨化来的"这句话里得到自尊。

第三代人也有他们自己的故事，长女厄苏拉，"突然接二连三地生孩子，生活在婴儿群中"，她渴求获得一种特有的灵性和威严。与斯科勒本斯基的相遇，"将她带进外面的世界，好似整个世界突然在她面前展现"。然而，她很快发觉自己与斯科勒本斯基是互不相容的。作为新时代女性的代表，厄苏拉渴求强健的丈夫和完美的性爱，斯科勒本斯基作为现代社会的男性代表，却虚弱无能。斯科勒本斯基的无能，是新女性对现代社会的控诉。

劳伦斯的下一部作品——《恋爱中的女人》继续了《虹》的主题。作品讲述性格不同的姐妹厄苏拉和戈珍分别爱上一介书生伯金和富家子弟杰拉德，四人陷入了情感和理智的斗争的故事。劳伦斯希望通过此作倡导两性间保持适当的平衡，双方应保持相对的独立，并在此基础上建立超越和谐性关系的和谐精神关系。这一观点在小说中通过伯金阐述他与厄苏拉的恋爱观而得以体现。伯金将婚姻当作男女双方链接的纽带，就像"两个同样闪亮而相互关联的星星"。伯金承认性欲的存在，却对女人不感兴趣。他无法同时"在肉体和精神上爱恋女性"，这使他无比痛苦。他渴望"怦然心动"，渴望"为自己以为的力量所动容"。他是个完整的男人，既不会为感性牺牲理性，也不会为理性牺牲感性。他认为爱情既不是一种从属也不是完全的自由，他认为爱情只有在一发不可收时才是真正的纯洁的。然而婚恋中的两个男人都是失败的，他们丧失了原本的活力，并受到来自强势妻子的心灵伤害。

《查泰莱夫人的情人》是劳伦斯的最后一部长篇作品。劳伦斯在情感和思想上经过多年探索，认识到，男性如一味抗御现代女性所代表的理性和柔情，他将永难恢复自己的生命力。劳伦斯在以往的作品中倡导建立平衡的夫妻关系，而在《查泰莱夫人的情人》中，他引入了第三者。康妮是现代的自由新女性，生活在音乐、艺术与哲学的世界里，性爱在她的世界里完全是附属品。当丈夫查泰莱爵士从"一战"战场瘫痪归来时，她并没有感觉丧失性生活对她是一个打击。查泰莱爵士是工业化社会的产物，他娶妻只是因为他身体虚弱需要照顾，他渴求在不安全的世界里拥有一个可供挡风遮雨的港湾，可以说，查泰莱夫妇的结合从一开始就是个错误。查泰莱爵士性情傲慢，对一切事物态度偏激。除了头衔和自己的寓所，他感觉自己一无所有，无比孤寂。他为人苛刻，缺乏激情，在肉体瘫痪前精神早已瘫痪，与妻子仅有精神上的交流。

正当康妮生活在空虚的理念中时，守林人默勒出现了，他的身体充满野性和激情，重新燃起她心中的欲望之火。当他不可驯服的原始激情射入她的胴体，康妮获得重生，成为真正的女人。在大自然的自由世界中，"睡美人"终于被白马王子吻醒。隐士也终于回到社会，却不是作为一个社会成员，而是社会公敌。在道德理性与原始情欲的抗争中，后者取得最后胜利。无疑，小说对默勒的柔情进行了大篇幅描写。但应该注意的是，这种柔情是建立在康妮的完全屈服和顺从之上的，因此可以看出，劳伦斯仍在倡导摧毁女性的个人意识和个性。对此，原因非常明了：劳伦斯认为女性的个人独立意识的膨胀将给西方社会带来巨大灾难。

至此，读者不仅要问，劳伦斯有必要对性爱进行那样大胆直率的描述吗？事实上，劳伦斯的率直描述是有原因的。劳伦斯洞察两性关系的复杂性和私密性，主张通过最本真的方式回归生命本源。为了有力地对当时的社会伦理进行控诉，他自然选择当时两性关系中最敏感和不堪言的方式——性爱描写。此外，性爱场面也是劳伦斯展现人物心理和性格的重要媒介。心理学家认为，普通的行为和心理活动会受到潜意识的约束，而有意识的行为与无意识的表现与一个人潜意识的关系更为直接。受这一理论的启发，劳伦斯通过描述人物的非正常举动揭示了他们在潜意识下的心理活动。

劳伦斯的哲学深深震撼了当时的欧美社会。他对于两性关系的大胆主张，以及通过大胆的性心理分析，批判西方文明和现代西方伦理对于人类生命力的摧残作用，为其赢得了心理分析小说先驱的盛名，并鼓舞舍伍德·安德森等大批作家重新审视现代文明和工业社会。但劳伦斯的理论也不免偏颇，劳伦斯虽具有敏锐的洞察力，洞悉工业文明的负面效应，可他的洞察力也将其引入盲目抗拒工业文明的歧途。现代文明毕竟是人类进步的产物，它的主流还是积极的。他完全排斥理性，鼓吹男权主义，其倡导的星际平衡建立在女性对男性的绝对顺从上，主张通过纯性爱实现两性和谐，这些都遭到应有的反对。

随着经济社会的发展，劳伦斯作品反映的两性关系问题，在当今中国社会也有不同程度地显现，尤其是在经济发达的沿海地区，知性女性在职场地位上升，在家庭生活中的角色不断强化，同时，为追求"自由"而放弃家庭生活的单身女性不断增多。强势女性也带来令人反思的女性"雄性化"问题，女性不断扮演传统意义上的男性社会角色，对男性形成严重的"逆向抑制"，就连男性化的女性艺员也越来越受到青睐。伴着男性主导地位的逐步丧失，现代社会越来越朝向中性化或"无性别化"的路线发展，或者说是男性的雄性社会特征在一定程度上"被弱化"。男性着装女性化，说话开始嗲声嗲气，"伪娘"成为潮流。职场中男性在女性上司面前"丧失自我"。此外，同性恋、双性恋问题也越来越不容忽视。即便在正常的婚姻生活中，也有越来越多的夫妇感到幸福感缺失、空虚倦怠，两性关系缺乏有力支撑，波动增强，矛盾增多，婚外恋激增。这些社会现象似乎在警示我们，社会已经步入一个多样化、雌雄颠倒、两性平衡被打破的阶段。研究劳伦斯作品以及其中阐释的哲学，无疑对我们正确看待和应对当前的社会现象具有重要的参考价值。毕竟，两性关系的和谐与否，决定了社会文明的程度高低。

政治生活的蛊及其法制化

杨斌

"蛊"字最早见于甲骨文，渊源甚早，可谓是中华文化的特产。姚孝遂主编的《殷墟甲骨刻辞类纂》收录了"蛊"字，其中还罗列了有关蛊的卜辞三十三条。蛊的本意是病害或者病祟，今人看来是两义，商周先民则视为一体，疫鬼同源，病祟不可分。到了春秋时代，蛊的引申义已臻完备，病祟渐离：曰疾；曰鬼；曰毒；曰纵欲，尤其是媚术。蛊既为病祟，古人必然寻求防治之术，其间巫医并用，可想而知。再者，巫蛊伤人于无形，于统治阶级威慑极大，故刑罚立法禁惩之。

巫术：政治生活的蛊

蛊大致有两个意思，一是病，一是巫，这是我们现在的看法。古人缺乏科学的分析，认为病和巫师是不可分的，得病的原因在他们看来就是因为某种鬼附身，甚至因为有人作祟使得鬼附身从而得病，也就是所谓的巫蛊。巫蛊，就是使用某种巫术、咒语、仪式使人中蛊而害之。这种方式，当然可能是先民传下来的，到了汉代，成为宫廷政治中的手段，而愈发引起人们特别是统治者的恐慌，此间莫过于汉武帝晚年发生的巫蛊之祸。这场重大的变故以巫蛊为起因，进而演变成为一场政治整肃运动，导致重大的政治变局。换一种角度看，事变则说明了巫蛊在当时的流行，特别是在宫廷权争中的作用。

武帝晚年，社会似乎处于某种惶恐紧张的状态中，巫蛊流行就是其中的表现之一。公元前100年、99年以及92年长安三次闭城大搜，原因至少有二：一，京师一带的豪族贵戚奢侈不法；二，巫祠的习俗。所谓巫祠祝诅或巫蛊的习俗，不外乎以巫术和诅咒、以放蛊毒或者利用偶人来象征诅咒的对象等办法来害人。汉代的蛊，以偶人为媒介，主要是靠诅咒，因此是巫术。本身相信巫祝的汉武帝才会禁止巫祠道中人，用武力和法律来压制别人用巫祝来陷害他本人。

公元前92年，汉武帝晚年，身体开始衰弱，精神也有不稳定的情况，时常恐惧臣下的谋害。这年冬天大搜之前，丞相公孙贺为了救赎因为滥用公帑的儿子公孙敬声，自请追捕人称京师大侠的朱安世。朱下狱之后，在狱中上书控告公孙敬声和汉武帝的女儿阳石公主私通，并且使巫者在甘泉驰道埋偶人，祭祠祝诅汉武帝。于是公孙贺父子皆下狱死，全家族灭。连坐的有卫皇后所生的阳石公主、诸邑公主以及卫皇后弟子卫伉等人。这件事情除了汉武帝对公孙贺不满以及公孙贺的敌对势力作用外，也反映出汉武帝对巫蛊祝诅之事甚为相信，甚至极为恐惧，由恐惧而生怨恨和猜疑，才会把自己的儿女处死。

征和二年夏天（前91年），汉武帝到甘泉避暑养病，宠臣江充发现其身体日益衰弱，言曰："疾祟在巫蛊。"遂以充为使者，治巫蛊，"充将胡巫掘地求偶人，捕蛊及夜祠视鬼，染污令有处，辄收捕验治，烧铁钳灼，强服之。民转相诬以巫蛊，吏辄劾以大逆不道，坐而死者前后数万人。"江充进一步说宫中有蛊气，因而进入后宫调查。武帝不但同意而且派人相助。江充入后宫搜索，先治那些失宠的夫人，然后是皇后，最后在太子宫中发掘蛊，得到桐木偶人。

当时武帝在甘泉，太子和卫后在长安，消息不通，太子少傅石德认为江充既然挖出木偶人，虽然可能是巫者埋藏嫁祸，但又无法证明，只有用强硬手段来先治江充，才能自保。太子迫于形势，宣布江充谋反，收斩江充，事变最后发展成为叛乱，结果因为兵力不足，太子失败逃亡，皇后自杀。二十几天后太子被搜到自杀。卫氏一门除了以后成为宣帝的婴儿外，全部被杀。与太子往来的宾客门人以及随太子发兵的人也被株连杀害。两年后，武帝发现太子是无辜的，因为"巫蛊事多不信"，江充家被灭族，治巫蛊的帮手苏文也被杀，武帝又建了思子宫和归来望思台表示悔恨。

征和三年，武帝又将和卫太子有关的三名匈奴、东粤降侯以及卫青的老部将公孙敖处死。次年，又设"司隶校尉"一官，专门"捕巫蛊，督大奸猾。"征和四年，田千秋为丞相后，建议武帝消停巫蛊之狱，武帝却回答说，巫蛊之事，"至今余巫颇脱不止，阴贼侵身，远近为蛊。"说明武帝虽然相信太子是无辜的，却仍然认为巫蛊事实确有其事，而且有人利用巫蛊来害他。

蒲慕州推测，汉武帝可能有意识地借这种"祝诅上"的罪名捕巫蛊来清除异己，利用巫蛊来消除政治集团，实现他的政治意图和人事安排。从征和二年到去世，总共三十多名在政治上有地位的人因为牵涉巫蛊被杀或自杀。征和三年前，巫蛊案的第一阶段是清除卫氏的势力，因为太子宽厚温谨，群臣宽厚长者皆附太子。征和三年之后，第二阶段是清除李氏的势力。武帝发现李氏有立昌邑王（李广利的外甥，李夫人的儿子）的计划，于是利用巫蛊来扫除李氏。这样，等到李氏势力削减后，武帝选择了钩弋夫人之子弗陵为继承人。

实际上，汉代宫廷中常见巫蛊案。劳干列举了除上述外的十二条巫蛊祝诅案。巫蛊第一次成为一项罪名是元光五年（前130年），武帝新宠卫夫人，令皇后陈氏非常不满，武帝也不满陈氏十余年无子，又发觉皇后"挟妇人媚道"，于是派严刑苛法的张汤追究，结果"女子楚服等坐为皇后巫蛊祠祭祝诅，大逆不道。相连及诛者三百余人，楚服枭首于市。"陈皇后被废。

元狩元年（公元前122年），衡山王后徐来被指控以巫蛊害死前任王后乘舒而被处死。数年之前，乘舒死后，新后徐来和宠妃厥姬交恶，厥姬就密告衡山王太子乘舒之子，说徐来蛊杀其母。当时造成太子和徐来的冲突。到了衡山王一家由于内斗以及被弹劾以谋反的罪名而全家覆灭，徐来才以巫蛊的罪名被处死，很可能太子在最终把厥姬告诉他的话说了出来。此外，赵破虏、公孙敖这两名征匈奴的名将都因巫蛊被诛族。赵破虏"后坐巫蛊，族"；公孙敖"坐妻为巫蛊，族。"上述事件所能确定的是,当时人们的确相信巫蛊可以致人于死地。至于实际有没有效果,有没有实施则是另外一回事。陈皇后之事,没有人被蛊害,楚服也只是被控告施行巫蛊;徐来的案子也可能是诬告。只是被控告的人很难证明自己的无辜。

汉代巫蛊案虽多,但对于我们了解巫蛊本身,并无多少实质性的帮助。文献大致谈到用偶人,埋于地下,或许还有咒语仪式,却没有提供详情。巫术为蛊,需要一定的仪式,包括器物、咒语、身法,以及关键的巫师等。相关的问题是,这些仪式,从何而来?如何流传?是否有师承?这些都无从得知。联想到汉代的谶纬流行,道教滥觞,我们可以大致推测,巫者恐怕也是相当的公开,否则,无法说明巫蛊的传承和流行。

隋唐时期也常出现宫廷巫蛊案,为统治者政治斗争以及宫中嫔妃争宠之工具。到了宋元之后,蛊的故事逐渐淡出宫廷,在民间反而广为流传。不过,巫术害人之术似乎在宫廷中依然存在,蛊毒案在宫廷依然偶有发生,如雍正朝时术士贾士芳即以蛊毒魇魅罪下狱问斩。

惩罚和威慑:蛊的法制化

蛊是与"毒"相联系,养虫变为养毒。而养蛊又区分于一般毒物,使用巫术致人死命,使人不可防范,故于心理恐吓力杀伤力极大,特别是对于期望长生不老的帝王统治者而言。历代统治者都制定了相应的刑罚和条例来防止蛊,惩罚造蛊者、养蛊者、下蛊者,以及参与和知情不报者,同时杀一儆百,防患于未然。规定越来越完善,有关法令的地位越来越高。这就是作者所说的蛊的法制化。蛊的法制化，就是统治者指定刑律来严禁蛊毒的饲养、传播，防止蛊，从而保证自身的安全，避免大众的恐慌和社会的动乱。自周秦魏晋以来，统治者立法以防范蛊毒于未然。《唐律》则列为十恶之三，《大明律》、《大清律》因袭之。

周代似乎就出现了掌除蛊的职官。《周礼·秋官》记载周朝有"庶士"之职，掌除毒蛊。《周礼·郑注》"司寇邢官之属"有"庶氏，下士一人、徒四人"；"庶氏，掌除毒蛊，以攻说禬之、嘉草攻之。凡驱蛊，则令之、比之。"郑玄注曰："毒蛊，毒物而病害人者，""攻说，祈名，祈其神求去之也；嘉草，药物，其状未闻，攻之谓燻之。郑司农云，禬，除也。"可见，庶氏就是能够用种种办法驱除蛊的职官。庶氏可以向神祈祷以除去蛊；或者焚烧嘉草以燻去蛊。不过，周代没有留下如何惩罚施蛊者的文献，即使我们可以推定，施蛊者被发现定然难逃惩处。

最早关于蛊的法律条文，目前看来，是在汉代。汉代毒蛊盛行，《周礼·秋官·庶士》郑玄注引东汉《贼律》："敢蛊人者及教令者弃市。"这里总共十个字，既说了刑罚的对象，也说了刑罚的内容。刑罚的对象包括下蛊害人者，以及教导别人下蛊害人者；刑罚的内容是弃市。弃市就是杀之于市，一方面众人唾之，一方面广昭罪行，威吓企图犯同样罪行者。

由于汉代巫蛊流行，所以也记载了一些巫蛊个案的刑罚。《武帝纪》丞相屈氂下狱要斩，妻子枭首。注：郑氏曰，妻作巫蛊，夫从坐，但要斩。按要斩之罪，次于枭首，因为主犯是妻子。而前面提到的公孙敖、赵破房两个例子是全族被诛杀，后果就严重得多了。与巫蛊类似或者相互联系重叠的有祝诅。祝诅恐怕就是用仪式、符咒来诅咒，这与诽谤妖言（妖言惑众、作妖言、诽谤）、诋欺、诬罔不同，还是属于巫术之类，所以和巫蛊多少有些相同点甚至重合。

巫蛊案，在汉屡见，大约巫蛊既为人所信，故常在报仇、报复或政治斗争中所采用，然又为社会所恶，故惩罚颇为严厉，弃市以防戒，族诛以严惩恐吓。魏晋以来，对巫蛊惩罚多有记载。《晋书·郭璞传》上说："若以（任）谷为妖蛊诈妄者，则当投界裔土。"投界裔土大概就是流放到边疆，以后沿用。

（北魏）世祖即位，诏司徒崔浩定律令。"为蛊毒者，男女皆斩，而焚其家。巫蛊者，负羊抱犬沉诸渊。"后魏的法律表明，到了4~5世纪的时候，蛊一分为二，一曰蛊毒，一曰巫蛊。蛊毒者，当以施蛊下毒害人，推测相当于蛊病；巫蛊者，当是施巫害人，推测巫术的性质多一些。蛊毒害人，诛杀全家，以绝其后，焚其家以绝毒物，施巫蛊者，负羚羊抱犬沉诸渊。施蛊毒者，不论男女，皆受斩首之刑，焚烧其家以防所养蛊毒外流。斩首沉水都是为了消灭犯罪者的生命，完全可以理解；焚烧其家恐怕是为了消灭蛊毒的种子，也可以理解。对巫蛊者要负羊抱犬呢？负羊大概是羊者祥也，以克不详之蛊；抱犬应该和犬祭有关，自殷商以来古人就相信以犬御蛊。

古代中国的法律，承秦继汉，以后魏、晋、后魏、隋、北齐、后周及梁陈大致承袭，因此也就继承了有关蛊的法律条文。大致在南北朝的时候，出现了十恶的罪名。在汉代并没有十恶这个名称，渊源于北齐，为重罪十，十恶其名出于开皇，有所斟酌归并，传于唐宋明清。犯十恶者虽会赦，犹除名。

隋代虽然短暂，但却留下了许多蛊的记录。魇蛊者、巫蛊者、猫鬼蛊毒者受死刑。"其婢奏（郑）译厌蛊左道，译又与母别居，为宪司所劾，由是除名。下诏曰，若留之于世，在人为不道之臣，戮之于朝，入地为不孝之鬼。""（独孤皇）后异母弟陀，以猫鬼巫蛊，祝诅于后，坐当死。后三日不食，为之请命曰，'陀若蠹政害民者，妾不敢言。今坐为妾身，敢请其命。'陀于是减死一等。""（王）弘希旨奏（杨）纶厌蛊恶逆，坐当死……帝以皇族不忍，除名徙边郡。"可见，在隋代，法律规定蛊毒魇魅者处死刑。

隋代的记录中，猫鬼和蛊毒联系紧密。不过，其间究竟如何情状，依然不可知。猫，究竟是在巫蛊的仪式中用到，还是中蛊后害人，抑或是用猫为鬼祟的媒介？鬼，是巫蛊仪式中创造的新鬼，还是已有之鬼，被施蛊之人求后害人？更为有趣的是，猫本身的动物特征（小巧敏捷，夜间活动等等）颇具神秘感，另，猫在西方，传有九命，是可以通鬼通灵的动物，在隋时候作为巫蛊来用，那么，此时的巫蛊，是否受到经丝绸之路而来的西方文化之影响自然不可得知。

到了唐代，中国的刑律有一大成，为传统专制社会奠定了基础。蛊在唐律中就有相当地位。唐律遵从了开皇律创立的十恶的条文，一曰谋反，二曰谋大逆，三曰谋叛，四曰恶逆，五曰不道，六曰大不敬，七曰不孝，八曰不睦，九曰不义，十曰内乱。其中第五不道"谓杀一家非死罪三人，支解人，造畜蛊毒、魇魅"。关于造畜蛊毒、魇魅，疏曰："议曰：谓造合成蛊；虽非造合，乃传畜，堪以害人者：皆是。即未成者，不入十恶。魇魅者，其事多端，不可具述，皆谓邪俗阴行不轨，欲令前人疾苦及死者。"也就是说，造养蛊毒，或者传播蛊毒害人的，都属于十恶中的大不道（造养传播不成者排除在外）。

唐律把造畜蛊毒放在卷十八"贼盗"当中，大概是沿承汉律而来。律曰:"造畜蛊毒(谓造合成蛊,堪以害人者)及教令者,绞;造畜者同居家口虽不知情,若里正(坊正、村正亦同)知而不纠者,皆流三千里。"疏中对于律文的疑难处进行了十分仔细的解答。宋明清也承袭了有关的律文,毋庸赘引。

乡村悲剧

盛可以

一

"哟——痒死了痒死了，快点快点，上边上边，下边一点，左边左边，右边一点！娘的×，晓得听话不？"靠北的小房间里，男人烦躁地将女人推了一把，女人一个趔趄，枣红头巾掉在地上，头发散了一肩。男人只穿个裤衩，面朝里，后背满是红斑，抠烂了的，露出鲜红的血；灌了脓的，肌肤里隐着淡淡的黄色；结了疤的，有层褐色的壳。整个背上找不出一块好肉，爪子的痕迹像蜘蛛网，错乱纠缠。男人拿起一柄竹耙，在背后乱抓乱挠，动作癫疯。痂掉了，新血冒出来，脓穿了，黄色液体流出来，竹耙被染了色，粘着他的皮肉。女人想吐，强忍着，心里委屈，"眼泪"刷刷滚落，一双手张开了，无措地在半空中悬着，望着那群折磨男人的红斑。

"文化，咯样子下去不是办法，听劝，到医院看看吧。"女人小心翼翼地央求。

男人手抽筋似的，龇牙咧嘴，发出"呲呲——"的歙歔声，听起来既痛苦也痛快。

"哼，当初被狐狸精勾魂夺魄、挠不着痒的劲儿，今天是找着地方了吧。"女人狠着心想。她憋着一股气，咬着下嘴唇，侧头朝左看那一小窗秋景，又滚下一串眼泪，像雨点落在玻璃窗上，犹犹疑疑，滚滚停停。窗外一片灰白的秋空。风吹进来，女人的发梢懒懒地拂动。她睫毛一颤，一滴很大的泪，迅速、坚定地滚落下来。女人想到了伤心处，新一轮的悲伤袭向她。她狠咬着嘴唇，放开了，再咬住，嘴唇苍白。

那天晚上，男人带着一身刺鼻的猪屎味回来，说是夜里看不清，掉进了渔场的粪池里，她就觉得男人在说谎。当时她没有质疑，煮了一锅热水，给他洗澡擦背，杀猪一样浑身刨了一遍。没几天，男人全身发痒，长红斑，越长越多，越多越痒。她遮遮掩掩地去乡卫生所搞了些药，外用的，内服的，统统用上，却不济事，她屡劝他去镇上的医院，他就是不肯，挨着，怕外人知道。整整一个月，她替他挠痒，怀着对他的怨与对那个女人的恨，不分白天黑夜，给他煎药，伺候他，同时眼巴巴盼着他好起来。她恨那个女人，享了她的果实，怨自己的男人，轻易让别人摘了。过去了，也就算了，只要他身心痊愈，回到她的轨迹上来。

男人已经挠得血淋淋的了。女人擦把眼泪，收回抛向窗外的目光，木然地扫了一圈屋里环境：墙是白的，没有任何装饰，靠墙摆着一张掉了漆的八仙桌，围着四张竹椅子，简易的木板床，本来是招待客人的，如今男人在这里睡，蓝白格子的床单上，血痕斑驳。痒折磨着男人，也折磨着她。十几年的婚姻生活，还没有过这么惊心动魄的时刻。

女人耸耸鼻子，空气里的糜烂气味盖过了草药味，两样混在一起，带着丧事的味道。女人记得她夏天的时候，脊背上长了个大疮，灌脓，也是这种气味。那个毒疮烂了半个月，用草药敷，去脓，留下一个蛋大的坑，到现在还没长平。如果男人的肉这么烂下去，那男人的命——"呸呸呸，不吉利！"女人"咯噔"一下，在心里骂了自己，她怕失去男人，他是她四个孩子的爹。

女人打开后门，让空气对流，冲散倒霉的味道，目光不觉落到不远处的青瓦屋——这是她多年的习惯——那屋门口没人，一条黄狗在垃圾堆里刨着什么。

男人长吁一口气，扔下竹耙子，转过身来，面色狼藉。女人意外地看到男人在微笑。

"桂贞，得事哒，要好哒。要好哒！"他用手抠着脸上的红斑，安慰女人。

"你总是咯样讲，咯久哒呢，还不看见好，你是场长，咯长时间不露面，别个会讲东讲西的。"

女人话里有话，男人眉头一皱，脸沉了："女人家莫摊咯多事！我晓得安排的！你栽你的菜喂你的猪煮你的饭！"

桂贞脸红了,样子要哭,她很想对他说几句心里话,但连同眼泪一起忍住了。

"莫哭丧啊,我又没死。哪个有闲心问起,你就说我到乡政府学习去了。"男人语气生硬,但不凶。

男人出事后差不多都是这种腔调。

二

满天星星,没有月亮,成片的鱼塘在星夜里闪着诡秘的光,失眠的鱼蹦出水面,或者是青蛙跳进池塘,发出"咚"的一声脆响。鱼塘像棋盘一样分布,路面上长着一层"肉马根"——这种顽强的、匍匐爬生的贱草,冬枯春荣,踩上去有些松软。路边的水杉笔直,黑黑地排成行列。哪条路上,到哪个塘的交界处,有多少颗水杉,塘里下了多少鱼苗,哪个塘叫什么名字,每片鱼塘多大面积,作为场长的刘文化都一清二楚。他嗅着鱼腥味、猪屎臭、饲料香、烂贝壳,听着芦苇沙沙,不慌不忙地走着,身影挺拔,春情暗涌。他经过养猪的红砖瓦屋,听到猪群咬架,嗷嗷地叫,心里有些得意。猪不发瘟,鱼不生病,珍珠肥润,他这个场长就对得起场里那几十号人了。

远处的鱼塘里有些黑色浮标,整整齐齐的,下面吊养着珍珠蚌。好的珍珠比黄金还贵。刘文化想着等今年收成后,要想办法弄一些上等珍珠,给胡丽串条项链。这个想法由来已久,他郑重地发了个誓,年底一定兑现。

胡丽是场里插养珍珠的能手,刚刚三十,大眼阔嘴,性格像清泉一样见底。几年前,她从外乡嫁给了二杆子,二杆子的爷是前任场长，他当权时没少谋私利，有些事儿还挺过分。刘文化觉得自己弄几颗珍珠，跟二杆子他爷比，只算屁大的事儿。他想起胡丽埋头工作的样子，头发乌黑，后颈梗雪白，侧脸圆润白净，看她剖蚌、剥分外套膜、取下外表皮、整形切片这四步做得娴熟从容，尤其是手钩针轻挑，用送核器将贴有细胞小片的珠核送入蚌的内脏囊中核位置，手法细腻利落，他看着顶享受的，享受多了，便发生了质变，他迷上了这个堂客。

刘文化家离农场不过五六里地，踩单车很快，走路个把小时。他在农场有办公和休息的地方，那儿什么都全，有时晚了，懒了，不想动了，就在农场凑合睡一夜，也不用事先跟桂贞请假的。男人在外面做事，女人家管起来很讨嫌，桂贞也晓得这一点，他的桂贞是个省心的女人。

刘文化看看手表，八点二十五了，离约定时间还有五分钟，老远就看到胡丽的影子在窗前晃来晃去，他感到自己一身春意盎然，并从迷蒙夜色中看出了一点诗意。有时他也搞不清自己怎么就迷上了胡丽。他想，我的堂客比胡丽硬是要漂亮些、贤惠些。当年还差点败在孙正修手里，孙正修现在和老婆孩子六个人挤着，偏屋还是茅草盖的，桂贞到底没选错。孙正修犁地施肥打农药，天天两脚泥，狗屁都不是，我刘文化是夹公文包的人，经常参加乡政府的某些会议，体面得很的。但桂贞小脸小嘴，细眉细眼，何解一副苦命相呢？胡丽面如满月，却嫁给了二杆子，二杆子不学无术，早年靠他爷，讨了胡丽做堂客，他爷下了位，靠不住了，他有么子手段让胡丽服帖呢？如今我爱她她爱我，是胡堂客的福气。但是，咯种偷鸡摸狗的约会，像小划子在风浪中前进，随时被会浪股子打翻，也是危险得很呐。

刘文化一路想，一路得意自己还算个知晴知雨、胆大心细的好舵手。忽然听到身后像有什么响动，他掉转头，只看到墨黑的几幢建筑物，一只夜行的猫悄声跃上屋檐——毕竟心虚，把自己的脚步误作鬼声了。

刘文化摸了一把脸，夏末田野的风一阵一阵，吹得他毛孔舒张，精神抖擞。

三

木门"吱呀"一声开了，一束黄色斜光夹裹着女人的身影投放到屋门口，光亮里紧接着填入另一个长影，两个身影叠合，门"吱呀"一声关了，黑幕落下来，窗口的帘子落下来，灯很快灭了，房子和星星一样沉默。蛐蛐虫不倦地叫着，一声接一声，侧耳细听，它们却沉默了，仿佛知道有人在寻探它们。然后，有一只小心试探地鸣叫，像是求偶，一只、二只……逐渐附和着鸣唱，越来越多，于是它们又渐渐热闹起来。盛夏过了，青蛙懒得叫嚷，不想附和这些小虫，只是偶尔鼓着腮帮子，在嗓子里咕噜几声。草丛中有窸窸窣窣的声音，水蛇上了岸，把老鼠吓得仓皇逃窜。

百万颗星星的光亮仍是微弱的，黑夜里的农场就像一幅颜色偏暗的国画：水色浅灰，浅灰里墨色点点，成排成行；田埂交错，路面也是浅灰，路边有深草，颜色偏黑；天地之间是灰黑，偶有夜鸟穿过这片灰黑，落在深黑的水杉和房子上，不声不响；三两个白点，是还亮着灯的窗口，像黑房子的眼睛。这情景，用水墨描绘出来，色彩是很难把握的，怎么也比不上这天然的浓淡相宜。

突然几条暗影向这边奔来，他们边跑边压低声音说话。

"三鳖，没看错不罗？"

"二杆子，我和四巴子亲眼看见的！咯回子抓活的。"

"没错，二杆子。"

"婊子养的，搅老子的牌局，睡老子的堂客，今朝老子要把他当贼股子打！"

三人手中的武器很长，大约是扁担、锄头、铁锹之类的东西，个个身轻如燕，分三路迅速围堵住前门、后门、侧窗。之前打开的那扇单门被巴掌拍响了。一个男人尽量压低鸭公嗓门，说道，"堂客，开门呐，我是老倌子呢，牌局散了。"里头没有动静，男人又喊了几声，等了片刻，用拳头擂了几下，开始踹门，火气窜上来，正要挥起锄头砸门，听见后门的人惊慌喊道："哎哟……二杆子，这个杂种跑啦！"

扛锄头的二杆子拔腿追往后门，黑灯瞎火踩中砖头跌了一跤，满手牛屎，跑到后门一看，黑影已逃出老远。

"婊子养的！"二杆子怒骂一句，拔腿狂追，三鳖和四巴子紧跟在后。

刘文化吓飞了魂，一面庆幸三鳖个子矮，力气弱，他才能一把将他撞翻在地，冲出重围。

农场是袒露的，除了水塘，还是水塘，根本没有躲避的地方，刘文化再熟悉地形，也找不出办法，心里一乱，出口都找不着了。他知道二杆子的脾气，要是被捉住了，不将他乱棒打死，也会把他弄成残废。他听他们喊"抓住这个杂种"，"打死个婊子养的"，热汗夹冷汗流了满身，衣服全湿了，脑子里乱箭飞射，慌里慌张地冲进了养猪场。群猪突然受惊,嗷嗷乱叫,在猪圈里冲来撞去,他暗骂这群蠢猪会暴露自己的目标,一面恨不得马上变成一只猪,躲过这一难。

他听见追者已逼近,远处似乎也起了骚动。

一只夜猫叫了一声,跳下窗台,一块小石头"咚"的一声落在屋外的水塘里。刘文化突然想到猪圈下面的粪池,直奔池口,滑了下去。池子不浅,粪水一下没过胸脯,他往里没了几米,只剩下脑袋浮在粪面上,感到隐蔽安全了,屏息听外面的动静,却闻到臊臭味和雷鸣般的蚊子轰炸声。它们粘上他,钻进他的七窍,攻击他、嘲笑他、议论他,咬得他面部火辣,脑袋麻木。

猪知道刘文化在下面,在水泥预制版上哼哧哼哧地走动。

脚步声转近了,走了,离开了,又折回来,最后停在外面。

"歇会儿。"二杆子把锄头撑在腋下,从口袋里摸出烟,从容地点上了。他手指头关节很粗,脸在火光中一闪,黑瘦,小眼睛,上唇留着胡髭,似乎有一脸麻子和狞笑。

"老子看哒一坨黑影子跑进来的,何解不见了。这个猪日的劲蛮大,老子只怕绊哒腰子哩。"三鳖把扁担戳在地上,一只手在腰上拧来拧去。他比扁担略长几公分。

"没看见人,真的来哒鬼!"鸭公嗓二杆子故意提起嗓子抡起锄头用力锤击,地面发出嘭嘭巨响,猪在里头嗷嗷地叫开了。

"噫,莫该躲到猪牢池子里了?"四巴子低声说了一句。

"没咯蠢吧。毒死这个杂种。老子上回子下去捞手表,手脚痒了一两个星期。"三鳖说。

二杆子默默地抽完烟,扔了烟头,坐上废墙垛,把两条腿也收了上去,他的影子看起来似乎在享受农场的夜色。

一只猪屙尿，几只猪屙尿，越来越多的猪一起屙尿，热乎乎的尿从石板缝隙里漏下来，落在刘文化的脑毛顶上。

池子里闷热脏臭，刘文化有点头晕，为胡丽张开的每一个毛孔都填满了粪渣，心脏也被浸透了，满嘴猪屎味。他一直耳鸣不断，腿和身体似乎被粪水腐蚀了，化进了粪池，他已经感觉不到在脸上爬动的虫子或蛆，蚊子挤进头发里，叮他的头皮。脸被抠得一道一道。他看不见周围漂着的蚊子尸骸。他与蚊子战斗，等着二杆子他们离开。他们和蚊子一样顽强，在外面嗡嗡地闲聊，没完没了。

刘文化支撑不住，蚊子叮得他睁不开眼睛。他双膝发软，咬紧牙关挺着。心里懊悔这个倒霉的晚上，应该呆在家里，甚至推远一点，不该搭上胡丽，场长偷情，躲在猪粪池里，这一身臭传出去，脸就丢尽了。

"二杆子，么子事啦？"陆续赶来一些人，七嘴八舌的。

"屋里进哒贼股子，婊子养的，偷到老子屋里来哒！硬晓得老子屋里放哒现金。"二杆子回答。

"真的啊？没丢钱不？"

"你堂客没待在屋里么？"

"堂客困觉哩，不晓得贼股子进来哒。"二杆子回答。

"到处没得，跑都跑咯哒，回去看看没丢别么子家伙吧！"

后来的人呆了一阵，觉得事情没意思，陆续走了。

只剩下二杆子和三鳖。二杆子把三鳖招近来，凑近脑袋说话，三鳖频频点头。二杆子又点着一根烟，小眼里闪现出一股邪恶的快意。

"你说那家伙真的在池子里么？呆咯久，不死，怕也只有半条命哒啵？"三鳖说。

"家丑不外扬，莫到处乱讲，晓得啵？真搞出了人命，要坐牢的。"二杆子拍了三鳖脑瓜一下。

他们守在那儿，一面打蚊子，一面聊，直聊到哈欠连天的下半夜，怀着胜利、狡诈、满足的心情扬长而去。

四

天幕下古槐像团黑云，槐树叶沙沙地响。桂贞挎着竹篾篮子去田里摘菜，一坨鸟屎"叭"地落在她的头上，她听到几声古怪的鸟叫，心里涌上一股不祥。她走在田埂上。风来了，灌满她宽松的衣服；风过去，衣服贴紧她消瘦的身体。裹头巾这种事，只有四十岁以上的女人才这么做。头发是女人的第二张脸，哪个女人不想脸面的美丽持续更长一些，但桂贞一过三十五岁就这样把一头乌发藏了起来，她自己解释，生孩子坐月子时受了风，见风就脑壳痛。她小巧精致的五官早已失去了少女时的活泼与俏皮，生育和生活迅速催老了她，皱纹悄悄爬上眼角，但眼睛还是那样乌黑清澈。

秋天的田野，禾叶青里透黄，谷穗像个刚刚成熟的女子，羞涩地垂下了头，偶尔一块荸荠地，叶苗碧绿尖细，像葱一样，根根笔直，聚集成束。有的被偷偷挖起来了，沾满泥土的根部并没有长成荸荠，被失望地扔在一边，颠三倒四。可以一步跨越的水沟里长满杂草，水面上的长脚昆虫跑得飞快，看不清是贴着水面飞，还是在水面爬行，水里有它的倒影。远处的田埂上站立一只长脚白鸟，悠闲地行走几步，倏地飞起来，身影嵌在天幕；村舍，树木，行走的人，都像蓝色的海底生物。混在稻田间的菜畦很多，种水稻的土地肥沃，菜便绿得发黑，一棵一棵，硕大肥重，连野草也长得像模像样，丝毫没有枯黄的迹象。生物界的事，也那么匪夷所思。

乡里闲人，怎么藏得住话，纸，怎么包得住火呢？生活单调沉闷的人们，本来就期待发生点什么，事情最好与自己无关，可以跷着二郎腿聊，打着闲牌聊，靠着篱笆桩聊，在塘边捣洗衣服时聊，去园里摘菜时聊……有意也好，无意也罢，时间过得快了，活干得轻松了，乐趣就达到了。不过，由于刘文化在村里和渔场都有点威信，且没有捉奸在床，流言只在平静地暗淌，人们偷偷地议论，散播，活色生香。

桂贞下了田埂，脚便陷入潮湿松软的泥巴里，留下一行脚印。桂贞在菜地里兜转，菜篮里没有填补一样东西。她不知道采什么样的菜回家，或者，她原本是挎着篮子散心来的。屋子里的气味太难闻了，刘文化像牛一样倔强。她只有听从他，顺从他。是啊，他见的世面广，懂的比自己多，他知道该怎么做，自己一个女人家，除了浆衣煮饭，喂猪打狗，生儿育女，还能做么子喽？太阳从东边升起，在西边落下；小鸟白天在天空飞翔，夜晚在树上栖息，又会有么子变化呢？桂贞在田埂上坐下，脚放在菜地里，手指胡乱地扯路边的野草。旷野的风，吹不开心里的云。稻田里堆起细浪，沙沙沙沙。她就那么坐着。

一个男人和一条黄狗在不远处转悠。男人健壮，裤脚一长一短，双手背在身后，身体微微前倾，像大多数农民一样，长着风里雨里炎日里熬成的黑皮肤。他面目善良，眉眼清澈，东看看，西瞧瞧，摸一摸谷穗，咬一咬谷粒，在埂边踩紧几脚泥，扶一把倒下的稻苗，在分岔路口犹豫了几秒钟，朝桂贞的菜地走来。他是住桂贞后门口的孙正修。

"搞点么子菜治（吃）喽？菜秧子长得蛮好啊！"男人站在离桂贞五米外的地方。背着手。裤脚一长一短。黄狗围着桂贞摇尾巴。

"没得么子菜。都还好呐？"桂贞还是坐着，拍拍黄狗，笑，皱纹在眼角开花。牙齿很白，嘴角边有细细的酒窝。

"差不多。你蛮辛苦啵？比旧年子老些哒。"乡里男人喜欢说实话。

"崽都好高哒，何解有不老的？"桂贞答是笑着答，心里还是有些不对劲。别人说她老也许无所谓，眼前这个男人说，就大不一样了。

"你莫发气，你晓得我不爱做乖面子讲漂亮话。"

"发么子气，我又不是十七八岁的妹子。"桂贞随口一说，说完就后悔。她不是故意要提从前的事情。

"是的喽，都快二十年了。时间过得真的快啊。"男人叹了口气，也想到了十七八岁的桂贞，摇了摇头，有点沧桑。又无聊地望了望天空，似乎很随意地问道，"好久没看见刘场长哒，没么子事吧？"

"没么子事。你是不是听见别个讲哒么子？"

"听是听哒一点，外面乱讲的，你莫信咯多。"他言不由衷，明显是在安慰桂贞。

"我晓得。我摘菜去。"桂贞站起来，飞快地提起空篮子走到那片辣椒地里，弯下腰，眼泪"滴答滴答"往菜叶上掉，砸得叶子颤颤巍巍，最后落在菜地里。秋辣椒也没有几个了，她胡乱地摘，辣椒、叶子一块往篮子里扔。她听到身后孙正修说了句"注意身体"，唤了黄狗走了，她杵在菜地里，很久都没有抬头。

原来听人说刘文化跟邻村一个寡妇搞过,桂贞死活不信,刘文化不是那样的人呐!再说吧,他不喜欢高大女人,怎么可能搞这个一米七的寡妇呢?村里又传闻哪家的儿子长得像刘文化,暗示刘文化到处下种,分明是妒忌她桂贞找了个好老倌,眼红啊!可今天他这一身的毒斑,自己到哪里给他找一个合情合理的解释?桂贞取下头巾抹着鼻涕眼泪,头巾的鲜艳刺痛了她的心。刘文化就在城里带了这条围巾给她,他怎么还会对别的女人好呢?那个女人,何解会随便同别的男人睡觉?桂贞用手指头掠了掠头发,抓着围巾擦了擦脸,重新盘在头上。然后蹲在地里,拔掉几株枯死的辣椒树,清理围着菜苗生长的一些杂草,给裸露的菜根填土。只要男人骂了她,或是为别的事情生了气,她就跑到菜地里狠命地劳作。她不反抗,她的心永远是一块软弱的海绵,无声地吸纳与消融那些痛苦与忧伤。她爱这土地,爱这些亲手种植的菜苗,在与土地相亲的过程中,她获得慰藉,心情渐渐平静了。

一只老乌鸦怪叫着,落在桂贞十米外的地方。它全身乌黑,眼睛骨碌滚动,眼珠子翻动一线浅白,显得很狡猾。桂贞挥手哄赶,它偏了偏头,怪叫着往村里头飞,她看见它落在家门口的苦枣树上。

天黯了些。风急了些。埋头修整菜园的桂贞,在空旷的野外显得孤单渺小。忽听见有人喊:"妈妈,妈妈——"桂贞直起腰,看到三个儿子正向她奔跑过来。他们在田埂上排成一行,刘四胸前的红领巾一飘一飘,刘三的书包在屁股后啪搭啪搭,刘二踩空了一脚,差点滑倒。

桂贞便拖着长调喊:"崽哎,跑咯快做么子喽,慢点慢点——"儿子的出现给了桂贞力量,她眯缝着眼,笑容宽慰。

"妈妈……爸爸发高烧哒……快点回去喽——"还没到菜地,刘二上气不接下气地对着桂贞喊，他长得像桂贞。

"妈妈，爸爸总哒喊你……喊你的名号！"刘三说。刘四哭了起来。

"啊！"桂贞撂下活便飞奔，篮子被她踢出老远。她奔跑的姿势非常难看，跨步很小，双手拘谨地、小幅度地甩动；她踩过刚刚整好的菜地，一只鞋子脱陷在泥巴里，头巾也掉了，风把它一路赶到了稻田中央。

五

放学的孩子们东玩西耍，折了篱笆上的枝条，捏在手里胡乱地抽打；有的用弹弓对准树上的麻雀，惊得群鸟乱飞。屋顶升起了炊烟，烧的是稻草，烟是青色的，火烧旺后，青烟便变成乳白色；冒黑烟的是灶里拨不明亮的湿柴火，屋里的人呛得连连咳嗽。

桂贞一路小跑，穿越这个忙碌的时分。头发散开了，仿佛又变成一个美丽的少女。鞋子也在半路甩掉了，她跑得没有一点声音。经过牛棚，牛蹶着尾巴拉屎，狭窄的篱笆小路上晾着破旧的衣服。菜园里有胖女人喊"桂贞堂客，跑么子啦？"

仰面在床的刘文化全身通红，斑点格外红亮，他肌肤烫手，身体一阵一阵地发抖。

桂贞给男人额头搭上冷毛巾，无措与慌乱中，吩咐儿子"去喊孙叔叔"。她将头发挽成一个髻，胡乱用布把脸擦了一下，穿上平跟布鞋，打开旧式衣柜，拉开抽屉，手往里探，摸出一个布包，把一叠十元的纸币揣在怀里。这时，孙正修和七八个乡人进来了。

人一多，屋里便乱了。男人们用竹制睡椅飞快地做好了简易担架，七手八脚，将刘文化连同被单一起抱上来，再用被子裹好，把脸围上，两个男人抬起单架，迅速赶往镇医院。第二天天亮时分，又这样原封不动地抬回来，人已经死了。

桂贞跟在担架后，身影更加瘦小，她没有一点声音，安静得像滑过水面的小船。

刘文化本来可以不死。如果他不与胡丽私通，如果他不在那个晚上与胡丽私通，如果他私通后不躲进猪粪池里，如果他听从桂贞的劝告……桂贞的哭诉中隐隐约约流露出这些关于"如果"的遗憾与假想；何解不强迫他去医院喽？何解自己不到镇里搞两剂药哦？何解也懵懵懂懂，侥幸希望？何解没帮到他，何解暗地里还要恨他啊？刘文化病不致死，罪也不致死啊，我何解就这样无能喽！桂贞没有说出这些话，她哭声里充满了痛苦的自责。猪日的骚堂客，发情的母狗，你害死我的男人，你这一世又何得安乐啊！我高处有老的，脚下有小的，带着四个崽何得清白何解活哦！桂贞在心里骂，哭念的是别人听不清的话。哭丧是村妇无师自通的本领，像所有的农村妇女一样，她哭得抑扬顿挫，婉转起伏，自成曲调；数落得有条有理，翻天覆地。陈年旧事，芝麻蒜皮，痛悔追忆，像在阳光下翻晒发霉的衣物一样，全部抖落出来。

帮丧的人很多，高屋场台子出现少有的热闹。中午时分，乡人七手八脚用宽宽的竹蔑垫子搭建了灵棚，安放死者。在县城念高中的大儿子到家了，停歇了的嘶哭声又重新开始。

离村子两里路远的堤脚下，有片坟山，高高低低，用目光数下来，大约有百把个坟头，也不晓得是哪年开始有的。埋了像孙正修的前妻那样难产死的女人、淹死的孩童、服毒的、在古槐枝丫上吊的、车子压的、病死短命的……这片坟地被踩出了新泥，添了些乱七八糟的新鲜脚印。鞭炮声久久地响着，掩盖了撕心裂肺的哭喊声，最后的诀别在一锹一锹黄土的掩盖中结束，一个崭新的土冢，忽然间从地面上冒出来。

冬天里

任晓雯

那天有一场雪。上海的雪起势汹汹，但很快露了怯。黄昏时分，一地雪浆，掺混着烟蒂、纸屑、灰尘团，和其他难以辨认的垃圾。

张大民抹一把窗上的雾气，说："好像停了，下去走走吧。"

钱秀娟说："这么冷。"

他们碗里残留着馄饨汤，几缕紫菜悬浮不动。张大民用镶边瓷碗。钱秀娟的碗略小，素白。大碗和小碗，隔着一瓶辣糊酱，静默相对。

张大民说："可你还去斯美朵的活动。"

"那是上周定的，不知道会下雪。"

"那就走走吧，反正都出门了。"

"再说吧……等我收完桌子。"

钱秀娟将残汤并入小碗，撂在大碗上。她翻出一截腈纶衫袖管，卡住睡衣袖口。睡裤棉夹里在她腿间沙沙磨擦。

张大民听见水声，瓷碗碰撞声。他想了想圆圆。此刻，圆圆一定在吃肯德基。空调热风灌着领口。她会将薯条洒在桌上，用沾满盐粒的指肚蹭沙发套。外婆会捡起她吃剩的鸡翅，将它们啃干净。

钱秀娟擦干手，打开彩妆包，将折叠镜对准窗户。当她低头画眉时，颈纹变深了，绳索似地勒住她。她换上毛料裤子和呢大衣。张大民穿起羽绒夹克，替她拎好东西。他们默默对视一眼。

兵营式老公房，被雪水渍成蛋清色。空调外挂机一只又一只，补丁似地缀在外墙面。各家窗前的晾衣杆，积雪点点撮撮。也有忘收衣服的，裤衩、胸罩和棉毛衫裤，直僵僵轻晃。

"我说的吧。"钱秀娟没头没脑了一句。

张大民踢一只铁皮罐，罐子滚停在花坛边。他们渐渐走开，各沿一侧道边。

张大民记得，刚搬进公房那年，他们常在晚饭后散步。他和她坐在小花园石凳上，看圆圆玩滑梯。圆圆蹲在梯子顶部，神情严肃地抓挠蚊子块。身后小孩用膝盖推她，她尖叫而下，裙子擦翻起来，露出粉红内裤。他们还光脚走鹅卵石路。排着队，从这头到那头，又走回来。卵石将脚板硌得通红。一次，一条狗叼走张大民的鞋。他追进草丛，踩了一脚狗屎。圆圆笑趴在妈妈腿上。钱秀娟指着他，笑得眼泪汪汪，出不了声。那是五年前，或者六年前，某个少雨的夏天。圆圆在读幼儿园，钱秀娟父亲尚未生癌，张大民的前列腺还没开始增生。

后来，钱秀娟爱上跳舞。舞搭子在楼下喊："秀娟——"她立即扒光米饭，鼓着腮冲出去。他们在街角空地跳舞。空地正中有块钢筋三角，两米高，生着锈，大概算是抽象雕塑。钱秀娟和女人跳，也和男人跳。和男人跳得更多。跳快三时，她的胸脯、腹部、小腿肚，同时抖动起来。她从钢筋三角的竖边穿过来，从斜边绕过去。她戴金戒指、珍珠项链，和一块用红绳穿起的玉。那是她的全部饰品。跳完舞，她冲掉它们沾染的汗水，晾干在五斗橱上。再后来，空地盖起新楼。钱秀娟不再跳舞，也不散步了。

"斯美朵几点的活动？"张大民问。

钱秀娟又走几步，道："时间差不多了。"

他们停在小花园。一个穿藏青羽绒服的老人，站在不远的树下甩手，天空铅沉沉压在他脑袋上。钱秀娟后退一步，盯着滑梯。滑道寂静，底部积着一滩雪水。

"我送你。"张大民说。

"不用。"

"为什么不用。有三只包呢，我帮你拎不好吗！"

"爱拎不拎，朝我吼什么。"

"我没吼，"他顿了顿道，"我没吼。"

钱秀娟接过单肩包。那是一只高仿LV。她耸起肩膀，以免包带滑落，又接过两只黑色拎包，在手里掂了掂。鹅卵石路尽头，远物近景阴浑一片。钱秀娟身影渐淡。

张大民空望片刻，转身去取助动车。风像巴掌一样，扇着他的眉骨。他停在抚宁路口，将助动车锁进弄堂，往抚安路方向走。他进入一家面包房，买了袋打折的小球面包。面包软塌塌挤挨着，已看不出小球形状。

透过落地玻璃，对街有栋商务楼，斯美朵包下整个底楼。楼顶广告牌上，一个女人举着口红，另几个咧起嘴唇，仿佛在笑，又似吃了一惊。她们的牙齿被路灯打成姜黄色。

几个月前，过中秋节，钱秀娟哥嫂来做客。吴晓丽问："秀娟，你用什么护肤品？"

"我用春娟宝宝霜。"

"天哪，你不想四十五岁时，老得不能看吧。"

钱秀娟扭头瞥瞥大橱窗衣镜。

"你五官好，皮肤底子好，但岁月不饶人哪。听说过斯美朵吗？"

"没有。"

"一个美国品牌，用了皮肤不会老。瞧我的毛孔，小多了吧，"吴晓丽凑近钱秀娟，让她观察毛孔，"今天我带了试用装，给你免费上堂美容课。"

钱援朝说："我们去抽烟。"

张大民拿上打火机。

张大民和钱援朝，站在阳台抽烟。一只玻璃杯，盛着一浅底水，放在围栏上。他们轮番将烟灰弹进杯子。他们是中学同学，一起在崇明岛插队落户八年。返城后，钱援朝将妹妹介绍给张大民。83年春节结婚。

他们抽完一根，又抽一根。聊了聊台海危机。张大民说，政府不够强硬。钱援朝说，美国人太坏，台湾就是狐假虎威。

"人多力量大，咱们打过去，消灭台湾，进攻美国！"张大民直起喉咙。

钱援朝掐灭烟蒂，看着他。

玻璃杯中，黄的烟丝黑的烟灰，挤在水面上。钱援朝取出最后一支，递给张大民。张大民摇摇头。钱援朝自己点上，将空烟盒揉作一团。

准备进屋时，张大民突然说："秀娟厂里让她下岗了。"

钱援朝道："哦，那跟着晓丽做化妆品吧。晓丽做得很好。"

吴晓丽已完成清洁、面膜、保养。她称之为"基础护理三部曲"。她的专业护肤包里，插放着一排排软管。有些是膏乳，有些是红蓝液体。她捏起一块三角海绵，掸着钱秀娟的脸。

"看我。"钱秀娟转向张大民。

吴晓丽将她脑袋掰回去。

"很好看吗？像……日本妓女。"张大民想说"歌舞伎"，却找不准这个词。

"什么意思啊！"钱秀娟嚷起来，"你就见不得我漂亮。"

"你是我老婆，我干嘛见不得你漂亮。"

"你不放心我。"

"哪不放心了。"

"好了好了，都别吵了，"钱援朝道，"我们难得来做客。"

"刚上粉底，化完就好看了。"吴晓丽打开彩妆包。

钱秀娟拿起包内睫毛夹，摁摁夹头橡皮垫。

"秀娟，一定要化妆。女人能好看几年呢，不要亏待自己。"她搭住钱秀娟下巴，让她往下看。钱秀娟旋出一支口红。

吴晓丽道："珠光的。"

"多少钱？"

"一百二十五。"

钱秀娟将口红旋进去，放回彩妆包，俄顷又拿出，"啪啪"开阖盖子。

"斯美朵口红，是可以吃的口红。无毒，不含铅。喜欢就买一支。我给你会员价。"

钱秀娟将口红放在桌上。桌玻璃映出倒影，修长的粉色外壳，底部一圈金边。

"化妆棉吹掉了，"钱秀娟说，"风真大。"

两星期后，钱秀娟去斯美朵参加美容讲座。他们半途吵了一架。

"倒三部车，走半小时路，你脚都磨出血了。"张大民说。

"我不疼。新鞋总要磨脚的。"

"天这么凉，待在家看电视不好吗。"

"没让你来，偏来。话还这么多。"

"你也不该去。"

"吴晓丽打了十几个电话，上回还送我粉底液。"

"用过的东西，她好意思送出手。而且你根本不需要。"

"你买不起，就说我不需要。"

张大民噎了噎。领口卡得喉结微疼，他松开一粒纽扣。钱秀娟走到前面去。她又矮又小，臀部壮壮的。有一瞬，她消失了。张大民加快步子，又找到她。他们并排走着，不看对方。风经过她，吹向他。下一刻，又经过他，吹向她。还有一刻，风从背后推着他们。她精心打理的短卷发，全都堆在脸旁，胸前衣服也被吹鼓起来。

到了路口，钱秀娟拿出纸条核对地址。天色半暗，斯美朵广告牌上的女人，个个灰旧着脸。钱秀娟走进旋转门，靠在门边凹角打电话。吴晓丽说马上来。

至少几百名女人，在大堂和各个房间穿梭。灯色荧白，大理石墙壁疏冷着。钱秀娟慢慢缩起背脊，靠近张大民。

张大民低头看她。他的妻子，发卷归整在耳后，耳廓窄薄似两朵花瓣。

"秀娟。"他柔声道。

钱秀娟做个"啊？"的口型，但没发声。

"没什么。"他说。

终于，吴晓丽挤出人群，挥舞胳膊。手机链子击打她的手背。

"亲爱的。"她来搂钱秀娟。

钱秀娟往后一躲，还是被搂住。

"你不该来，"吴晓丽转向张大民道，"我们女人聊美容，你会闷的。"

"不会，我……"

吴晓丽不待听完，搭住钱秀娟的背，引她往里走。钱秀娟和张大民坐到会议室末排。吴晓丽摆弄着手机说："我去忙啦。"

"去吧，快去吧。"

吴晓丽穿深蓝职业装。当她挤过椅子间隙，裙摆浅浅勒出三角裤轮廓。

"怎么回事，"张大民道，"这女人今天这么做作。"

吴晓丽看看表，关掉房门。不断有迟到者推门，在门缝里张望一下，蹑手蹑脚进来。没有空位后，她们佝着背转来转去，寻找愿意分享椅子的人。

吴晓丽训导守时问题。她一字一顿的语调，像走路一脚一脚踩在泥坑里。张大民响亮地打哈欠。

"今天来了不少新朋友，"吴晓丽说，"坐在后排的，就有一位我的朋友。"

众人纷纷回头，看看钱秀娟，看看张大民，最后目光集中给张大民。张大民假作挠额，手搭在脸上。过了会儿，一个深蓝制服的胖女人，领着一群女孩上台。女孩围着她乱作一团，慢慢站成横排。

吴晓丽说："这是范督导。这十二位是她的新'宝贝'。我们对小琳很熟悉了。小琳，这是第一次来例会吧？"

"嗯。"最左侧的女孩应道。

"高兴吗？"

"嗯。"

"谈谈感想吧。"

"嗯。"

"来，说两句。"

小琳绷直身体，两块紫色眼影上下翻动："说什么呢，没什么好说的，我不会说。"

旁边女孩拽她胳膊。胖女人过来拉她道："宝贝，随便说点什么。"

小琳说："呃……我要感谢妈咪，范妈咪。她让我加入斯美朵……呃……这个月，我发展了六个姐妹，卖掉一万多产品。"

胖女人道："是一万三千八百五十一元。"

底下鼓掌。

胖女人道:"告诉她们,你以前做什么的?"

小琳嚅嚅嘴。

"告诉她们。"

"我……呃……我从江苏来,以前做家政,在范督导家……"

"看吧,小琳是我家钟点工。没学历,没背景,没人脉,'三无产品'。要不是加入斯美朵,她一辈子给人擦地板。我们救了她。只要她努力,三个月做到红背心;半年就像我一样,穿上这身蓝衣服。"她指指自己,"月入一万五,甚至更多。"

底下鼓掌,还有喝彩。

胖女人微笑颔首,等待掌声结束。"去年我到美国参加总部年会,走红地毯,穿那种拖地晚礼服,追光灯一打,浑身闪闪发光。所有人都在看你,你是全世界的焦点。你们能想象那种感觉吗?"

"能——"众女齐呼。

"你们想不想跟我一样?"

"想——"

"只要努力,明年红地毯上的就是你。"胖女人摇晃小琳。小琳笑出一口牙龈。

张大民对钱秀娟道:"你鼓掌干嘛,瞎起劲。"

钱秀娟道:"你不懂。"

"我是不懂。我困得要死,我们回去吧。"

"安静听会儿行吗?吴晓丽说得对,没梦想的人,注定没出息。"

"梦想?你十八岁吗?对于你这种老太婆,安心本分过日子最重要。"

前排纷纷回头。

钱秀娟瞪他一眼:"不想跟你吵。"

张大民从鼻腔深处哼了一声,起身出去。屋内静了几秒。吴晓丽关门道:"好了,只剩女孩子们了,交流起来更亲切。"

那晚,钱秀娟十点半回家。她把包放在椅子上,依次脱掉衬衫、长裤、胸罩,将它们搭在椅背上。胸罩内面向上,深凹的碗状,盛着台灯光和阴影。她到门后套上睡裙。她脑袋在领口卡了卡。她在大衣镜前抓理头发,又摸摸自己的脸。

张大民眯着眼。某一刻,他感觉在偷窥一个陌生女人。

"喂。"他说。

"吓我一跳,没睡啊。"

"睡不着,"张大民哗哗弄响薄棉被,"女人家的,在外面这么晚。"

钱秀娟倒了杯水,坐到桌前看资料。她手掌罩在杯口。热气绕了个弯,腾腾上升。

"你呀你,傻大姐一个。炒股票、兑美金、买君子兰,哪次不被骗。"

"说完没有?"

"没呢!"张大民顿了顿,想不出词。

圆圆呻吟道:"别吵了,都几点了。"

钱秀娟调暗灯光。她看不见资料,也看不见丈夫了。她看见自己的手,一只搭在调光开关上,一只仍罩在杯口。她捧起杯子,喝完全部的水。

钱秀娟年轻时是圆脸。现在身材渐宽,面颊却瘦了,从某些角度看，居然变成方脸。张大民喜欢她年轻时的样子，笑起来腮肉鼓鼓。那时她经常大笑，边笑边拍腿。还爱唱歌，像美声歌唱家似的，双手互搭在胸前。当她爬至高音时，脖子抻直起来，像有无形的线牵着她。底下小伙纷纷叫好，让她一唱再唱。那是1983年的"五一"劳动节，张大民初次去钱秀娟厂里。

唱完歌，又跳舞。张大民不会跳，在旁坐着。他和钱秀娟的关系，已进展到一起看电影。他们趁暗场后，分别进入影院，坐到相邻位置。她肉团团的手搭在椅把上，被屏幕照得熠熠发光。张大民简直不知电影里在演什么。他弯腰假装系鞋带，撑起胳膊，擦碰她的手。她坐得笔直，一动不动。

此刻，这只手被舞伴拉着。《青年圆舞曲》陡至高潮。钱秀娟缩起身体，绕过舞伴的胳肢窝。张大民叩击桌面，越叩越疾。乐曲终于奏完，钱秀娟气喘吁吁笑着，坐到旁边一桌。她告诫过张大民，今天他的公开身份，是她哥哥的朋友。

音乐又响，钱秀娟再次被邀。那天有五个男人邀舞。其中一人连跳三曲。在舞蹈的间隙，男同事频频劝酒。钱秀娟一嘴啤酒沫，仿佛唇上长出白胡子。男同事递烟，她也不拒。她用指根夹烟，还把烟从鼻腔喷出来。

联欢会结束，张大民和钱秀娟一前一后，从食堂走向工厂后门。锅炉房的烟囱高达三十多米，春风将黑烟拖散成一面旗帜。

"那个恶心男人是谁？"张大民问。

"谁恶心了？谁？谁？"钱秀娟语调高昂，仿佛仍在唱歌。

"跟你跳了三支舞的。头发那么长，额上都是粉刺。"

"范文强吗？"钱秀娟笑了，"一个朋友。"

"哦？怎样的朋友。"

"谈过朋友的朋友。"

他们停在自行车前。两辆车锁成一体，靠在墙边。张大民推出自己的"永久"。钱秀娟的"凤凰"缓缓倒地。张大民瞥了一眼，将链条锁扔进车篮，骑车走了。

过了几分钟，他骑回来问："你不走？"

"我在醒酒。"

"你没醉，"张大民下车扶起"凤凰"，"钱秀娟同志，我作为朋友提醒你，女人家作风差劲，会被人看轻的。"

"我说醉话了，范文强只是普通朋友。"

"普通朋友抱得那么紧。"

"那是在跳舞。"钱秀娟扭过头。风向乱了，黑烟不知所措，在烟囱口堆成一团。"好吧，我是和他接触过，但同事都不知道。"

"为什么不接触了。我看他挺帅的，比我帅。"

"他做人没你踏实。"

"我不要和他比。"

"是你自己在比。"

"说说，怎么接触了？拉过手吗？亲过嘴吗？"

"你真恶心。"

"哦，你们拉过手了。"

"没有。真没有。没有的事。我们只在跳舞时拉手。"

张大民想起范文强的手，搭在钱秀娟肩上，小手指微翘着，指甲盖油亮。张大民的鼻孔像马匹喘气那样张开。他冲向钱秀娟，捏起她的手。她环顾左右，挣扎了一下。他们的姿势，像是他要把她的手从腕上拔走。远处有人声。他放开她。她皮肤冰凉，手背一条条红白淤痕。那是张大民手指留下的。

钱秀娟加盟斯美朵。她花费两千多元，买入护肤包、彩妆包和第一批产品。吴晓丽送她一套职业装。钱秀娟穿上时，必须屏住呼吸，收拢赘肉，慢慢提起拉链。

她满城挤着公交车，给人上美容课。回到家，粉底搓泥了，眼影晕在眼角。她坐在床沿，往脚踝上贴橡皮膏，然后走到桌前，问圆圆功课多吗，穿得暖吗，给她塞些小零食。圆圆晃动脑袋，避免母亲摸她头发。钱秀娟板下脸道："头抬高些。"圆圆撇撇嘴，直起脖子，推远作业本。

不出门时，钱秀娟窝在阳台打电话。预约卡、美容卡、客户通讯簿，每件都印着百合花——这是斯美朵的Logo。张大民半夜起床，摸到那一桌卡片，将它们撒出窗外。

翌日傍晚，钱援朝来电话："这么对待娟娟太过份。她们的事业，开头尤其困难。我们做老公的要支持。现在吴晓丽当督导，一月赚两万，人变漂亮了，气质也提升了。"

张大民闷声道："以咱俩的关系，你少睁眼说瞎话。"

钱援朝顿了顿道："我话搁这儿，你爱信不信。"

张大民出着神，去灶上煮水。钱秀娟回来了，一边理头发，一边换拖鞋。

"你好。"张大民说。

钱秀娟抬起脸，仿佛刚看到他。"你好。"她说。

"回来啦？"

"嗯。"

"今天真早。"

"哦……水开了。"

张大民关掉煤气。

"圆圆呢?"她问。

"去外婆家了。今天星期六。"

"哦。"

"要不……出去吃?"

钱秀娟瞥了瞥灶头,那儿有包拆封的速冻水饺。"好。"她说。

他们去弄堂对面小饭馆。钱秀娟嫌桌面油腻,嫌服务生冷淡,嫌碗筷不够干净。嫌了一阵,终于不响。张大民用筷尖"嗒嗒"敲击碗沿。对街,两名白大褂女营业员站在药店门口闲聊,瓜子壳吐了一地。一个老头挪向水果摊,抓起一只苹果,又抓起一只苹果。

菜上来了。张大民转而注视女服务生的手。她的指甲浸在蜜汁红枣的汁水里。张大民和钱秀娟,默默拿起筷子,低头进食。

上第二道菜时,张大民终于开口:"事业……好吗?"

"挺好。"

"咋个好法?卖掉多少?发财了吗?"

"怎么搞的,菜汤里有泥渣子。"

"我问你发财了吗?"

"你想吵架?"

"我在关心你嘛。"

钱秀娟想说什么,忍住,夹了一筷子娃娃菜。

"为啥眼睛化成这样?"张大民问。

"啥样？"

"黑不拉叽，框得跟死鱼眼似的。"

邻桌女孩转脸瞅他们，其中一个"吱吱"吮着珍珠奶茶。

"你比她俩好点。"张大民道。

钱秀娟站起身。

"怎么不吃了？你的冒牌LV掉地上了。"

钱秀娟捡起包，疾出店门，想冲过马路。车子一辆接一辆，密不透风地开过。她的衣料边角瑟抖着。她缩起胸膛，双手互插在胳肢窝里。

张大民敲打玻璃窗，敲了几下，跑去门口。服务生跟住他。

"钱秀娟。"他喊。

"钱秀娟。"他继续喊。

车流中断了，钱秀娟开始过街。她每走一步，都左右张望一下。她的背影忽地变小了。

"钱秀娟，我菜点多了，快来帮忙吃掉。喂，听见没有——"

对街闲聊的白大褂停下瓜子，戳点着张大民。钱秀娟扭过头来。她似乎哭了，也或是风吹红鼻尖。他的妻子转过身，慢慢走回来。张大民想起年轻时，他看着她走来。她一路咬着上下嘴唇，好使它们显得红艳。他的趾间渗满汗水。他们即将去大光明看《少林小子》，或者到人民公园，找个僻静的树荫底下坐坐。

钱秀娟跟着他，回到饭桌边。张大民要了两瓶光明啤酒。

"干杯，"他想说祝词，想不出，又道，"干杯。"

钱秀娟一饮而尽。

"你脸红了。"张大民道，"来，说说你的事业。"

钱秀娟的首名客户是沈岚,张大民表妹,复旦经济系读大四,眼下在会计事务所实习。钱秀娟约她吃饭,又到咖啡馆上美容课。沈岚以六折优惠,买了一瓶乳液。

张大民道:"挺好,恭喜。"

钱秀娟批评沈岚没礼貌。"我做回访时,这丫头凶巴巴的,后来干脆不接电话,"她拨弄鱼骨,使它们在桌面排列整齐,"以为自己是白领了,瞧不起人了。我怎么着都是她长辈。她初二暑假住咱们家,我天天烧饭给她吃,她来月经还把我床单弄脏了,第一百货商店买的床单,很贵的。"

张大民端起玻璃杯。啤酒沫子漫上来。她不停开阖的嘴唇,像肉包尖的褶皱。

钱秀娟继续说,吴晓丽最近发展了一个老板太太。"那女人是朝天鼻,一脸麻点子,耳朵还有点招风。听说老公每月给她一万块零花钱,她闲得无聊才做斯美朵,出去上美容课时,都开私家车的。这就是命……对了,"她问,"你的女同事里,有傍大款的吗?"

"我是穷人,只认识穷人。"

"不一定是大款,买得起护肤品就行。"

"那算有钱了。"

"帮我搞一份名单吧,我来电话拜访。"

"别这么功利行吗?"

"这叫积累人脉。"

"我一个小工人,不懂什么人脉。"

服务员端汤上桌。汤里几缕蛋丝、七八块蕃茄,麻油浇得太多。钱秀娟舀了一碗。张大民舀了一碗。汤太咸了。他们不再说话。

整个晚上,张大民翻了三遍《新民晚报》。八点多,圆圆回家。他们看电视。圆圆爱看民国琼瑶戏。女主角眼皮一拧一拧,泪水如注。男主角张大嘴巴咆哮,张大民看见了他的小舌头。他笑起来。圆圆不明所以,也跟着笑。钱秀娟在阳台道:"轻点声。"张大民止住,索然无味道:"睡觉吧。"

"爸爸,"圆圆注视他,眼睛亮亮的,"你们年轻时恋爱吗?"

"什么?"

"你和妈妈恋爱过吗?今天外婆说,她和外公恋爱过。他们居然谈恋爱。我以为都是包办婚姻呢。"

"包办婚姻也可以恋爱。"

"我想起外公死的时候,大家都哭,外婆却不哭,爬去躺在外公身边,好象他还活着似的。"

"大人的事,小孩子不理解的。"

"我不是小孩子。"

"你是。"

"你和妈妈呢?"

"我们不是包办婚姻。"

"不是指这个……"圆圆脱去套头毛衣,"我还以为,你们从来都是两个中年人,胖胖的,整天除了吃饭,就是吵架。"

张大民调小音量,望着屏幕。

"外婆说,谈恋爱的时候,外公每天送她栀子花。好浪漫哦,像电视剧一样。"

钱秀娟道:"这么晚了,还不睡。"

圆圆睡下。张大民关掉电视,陷入沙发深处。座垫、靠背、扶手，从各个方向挤压他。他想着圆圆的话。阳台里灯色如炉火。他缓缓倚过去，轻声问："在干吗？"

"整理美容笔记。"

"别太辛苦了。"

"还好。"

他刚发现，钱秀娟烫了新发型，脑袋膨大一圈，架在窄肩上。她穿洋红针织开衫。她适合各种红色，红色使她明亮。他期待她转过来，让他看看她的脸。

钱秀娟果真转过脸，面无表情道："你站在这儿，我不自在。没事睡觉去吧。"

张大民被扰醒时，感觉帘外微亮。钱秀娟跨过他的身体，靠墙躺下，翻腾着披紧每个被角。张大民转向她，从她被窝边缘打开缺口。她背部潮冷，小腹却发着烫。她拍开他的手，他又伸过去。

"你不爱我了。"他说。

"什么爱不爱的，肉麻死了。"她不再拒绝他的手。

他用一条胳膊和一条腿环住她。凉风刺着他的肩膀，他有了零碎的梦，她在他的梦里跳舞。车间窗外的烟囱，直着一缕细烟。天空白如凝脂。跳舞的是中年钱秀娟，穿收腰小西装，侧开叉A字裙。她转圈时，脸颊赘肉跌宕。张大民觉得她美。他撩起她的睡裙，干涩地进入她。她咂咂嘴，翻了个身。他清醒了。

张大民在面包房待了一小时。营业员撸着收银条，啪啪甩拍柜台。张大民吃一只小球面包，又吃一只。他感觉不到在吃什么。

对面斯美朵大楼出来一群女人。吴晓丽走在第一个，面孔半埋在羊毛围巾里。张大民拍净双手，推门出去。

钱秀娟有时走在队伍靠前，有时落后。她一手拎护肤包，一手插在口袋中，走几步，换个手。她们急行军似地前进，到了抚安路休闲步行街，仨仨俩俩散开。钱秀娟和一个高女人站在麦当劳门口。身后长椅上，坐着玻璃钢的麦当劳叔叔，一身红黄单衣，不畏严寒地咧着香肠嘴。

张大民闪进麦当劳，要了一杯牛奶，脱去羽绒夹克。一冷一热之下，他后脑勺隐痛。室内反复播唱《恭喜发财》，色拉和油脂的混和味飘来荡去。一个胖老头举着鸡腿，大声哄他的胖孙子，胖孙子满地乱跑，发出金属摩擦般的尖笑声。张大民皱了皱眉，撕一块小球面包，蘸到牛奶里。

窗外是另一个世界。梧桐枝条、广告纸牌、店头彩带，往同一方向翻飞。垃圾被刮离地面，漫天狂舞，勾勒出风的形状。行人眯眼缩脖，前倾身体。钱秀娟偎在高女人怀里。

风终于停了。钱秀娟捋着头发，照照麦当劳玻璃。张大民慌忙举杯遮面。她没有发现他。她和高女人东张西望着分开。她拿出粉色名片，走向一个穿麂皮夹克的女人。女人目不斜视而过。钱秀娟跟了几步，转向下一目标。那是个穿黑羊绒大衣的老太太，伸出一根手指，向钱秀娟轻轻摇摆。

高女人勾搭成一个，领进麦当劳，买两杯咖啡，在角落里上起美容课。钱秀娟不见了。片刻，她重入张大民视线，护肤包悬在前臂，双手深插入兜，两只脚不停轻跺着。

张大民放下牛奶，拍拍旁边的食客。

"干哈呀？"那是个东北口音女人，正在捡食垫纸上的蔬菜丝。

"看见那人吗,小个子,胖胖的,"张大民指着窗外,"想请你帮个忙,"他从皮夹里掏出四百块钱,"她是推销化妆品的,你去买她的货。"

东北女人接过钱。她的手背冻疮点点。

"你去,我在这里看着。"

东北女人迟疑着推门出去。钱秀娟转过身,向她堆起职业笑容。东北女人一边说话,一边往窗内望。钱秀娟不住点头。俩人勾肩搭背走开了。

张大民咬着纸杯,咬得一嘴蜡味。他摸摸口袋,没有烟,起身到柜台问有没有酒。

"我们这里有牛奶、咖啡、橙汁……"

"我只要啤酒。"

"先生,不好意思,啤酒没有。"

张大民瞥瞥角落,高女人已经不在。他穿上羽绒夹克,推门出去。

街灯稀薄,影子疏拉拉摊在地上。张大民身体不停激灵,仿佛有人抽拎他的脊椎。他踩过一条条影子:树木、楼房、电线杆、垃圾桶……行人鼻梁的影子,斜在他们面颊上,使得他们五官斑驳。张大民慢吞吞往抚宁路走。他拿出手机。两次无人应答之后,电话接通了,钱秀娟急促地"喂"着。

"今天生意怎样?"他问。

"卖掉两百。"

"不是卖掉四百吗?"

"两百,就两百。"

张大民怔了怔,道:"快回去,天这么冷。"

"忙着呢，过会儿。"

张大民走进斯美朵对街的面包店。小球面包卖完了。他看了又看，选中一块栗子蛋糕，包进硬纸盒，用枣红锻带扎紧。

钱秀娟终于出来。张大民看看手表，九点十四分。她站在路边打电话。过了几分钟，一辆白色小轿车驶过来。张大民轻晃身体，一手撑住蛋糕盒盖，慢慢按压下去。营业员面无表情盯着他，将拖把扔进墙角，关掉展示柜的射灯。

一个月前，范文强重新出现了。他居然还留长发，肥肉在皮带上水一般地滚动。他右手中指戴一枚大方戒，戒面刻着："范文强印"。他逮住圆圆，将戒面狠戳在她胳膊上。胳膊刹时变白，旋即转红，像盖了一方图章。"圆圆长大啦。"这算是他的见面礼。

钱秀娟介绍道："这是老张，这是范老板，范文强。你们见过的。"

范文强道："见过吗？我不记得。"

"我也不记得。"张大民淡淡道，"钱秀娟记错了。她记性越来越差，快成老年痴呆了。"

范文强道："别这样说你老婆。"

钱秀娟道："我哪儿记错啦。圆圆，记得范叔叔吗？就是那个捏脸叔叔。"

圆圆记得了。她六岁去妈妈厂里玩，范文强捏起她的腮肉，挤成各种形状，还喷她一脸烟臭。之后不久，范文强离开工厂，做起服装生意。

"圆圆变漂亮了，越来越像你。小时候是圆圆脸，所以叫'圆圆'。"范文强伸出手。圆圆逃开。

钱秀娟笑道:"唉,你非得来。我说吧,房子太小,也没东西招待你。"

"不用招待。我随便看看,看看你过得好不好。"范文强一边说话,一边动用食指和无名指,将大方戒拨弄得团团旋转。

"老张,给范老板泡点茶叶。"

张大民哗哗抖响《新民晚报》。

"圆圆,给捏脸叔叔泡茶。"

圆圆"哦"了一声,懒洋洋起身。

范文强转来转去,钱秀娟紧跟其后。范文强探探空调风口道:"这机子用很久了吧,制热太慢。"又摸摸墙壁道:"这儿裂了,回头叫老王找人刷一下。"

钱秀娟问:"老王是谁?"

范文强答:"我助手。"

张大民轻哼一声。范文强推开卫生间的门,一眼看见挂在冲淋龙头上的胸罩。钱秀娟急忙关门,讪讪道:"没啥好看的。"

范文强在屋里转了一圈,就说走。"不多坐会儿?"钱秀娟送他出去。张大民溜到门后,窥视楼梯口亮起的灯。少顷,钱秀娟回来了,摸摸桌上玻璃杯道:"茶都没喝。"端起喝一大口。

张大民道:"跟老相好勾搭多久了?"

钱秀娟一口呛住,咳嗽起来。

圆圆将范文强送的比利时巧克力塞入书包,悄悄走进阳台。她听见父亲开骂脏话。她翻到日记本末页,划了一杠"正"字。

钱秀娟冲到外间,拉开吊柜道:"要不是他,这些卖给谁去啊!"

受到柜门震荡,柜中化妆品倾泄而下。粉红包装的瓶瓶罐罐,长的短的扁的宽的，足有三四十件。

"你满意了吗？"钱秀娟蹲下捡拾。

"这是干什么？"

"上月快做到红背心了，还差五千块。吴晓丽说，先囤货，慢慢卖。否则下回得重新冲业绩。"

"她蒙你呢。"

"她没蒙我，她自己也囤货。"

"靠，坑子啊。吴晓丽自己掉进去，还拉你往里跳。你哥也不是东西。我早说了，你们上海人精明，自家人算计自家人。"

"上海人怎么啦。我妈早说了，让我别嫁北方男人。就算在上海长大，骨子里还是北方男人。"

"北方男人怎么啦，不满意离婚好了。"

"离就离。"

俩人同时顿了顿。

张大民道："傻不傻呀你，世上就我真心待你。什么哥啊嫂的，什么范文强许文强，他们会为你考虑吗。"

"谁说范文强不考虑我，"她揣着化妆品，慢慢站起道，"这些他都买了，用来送客户。"

"哦，范老板，大客户。恭喜。"

"我两个月冲到红背心，算是快的。我会成功的。"

"狗屁。瞧瞧你，又老又胖又蠢，黄脸婆一个。以范文强的身价，年轻漂亮的骚娘们儿，还不苍蝇似地扑他。他为啥看中你？年轻时没得手，心里惦记这事呢。真被他搞定了，你更加一钱不值。"

钱秀娟面颊颤抖，肩膀也抖起来。一支眉笔滑出指缝，"吧嗒"

落地。张大民替她感到难过,他想搂住她。他犹豫着走去,经过她,拉开卫生间的门,往马桶里吐了一口浓痰。

张大民脚趾潮冷,渐渐疼痛,转而麻木。他回忆着钱秀娟。她俯身和驾驶座的人说话,然后转到小轿车另一侧,消失不见了。她的红白格呢大衣,是新买的吧。她最近添了不少新衣。张大民想了又想,只想起她穿睡衣裤的样子。那是他们在超市买的,半寸厚的棉夹里使她行动迟缓。她迟缓地走来走去,散发着斯美朵护手霜的草莓味道。

张大民走到抚宁路,拐进弄堂。他看到他的助动车,一辆橘红"嘉陵"。车身满是擦痕,黑色座垫磨损了,海绵烂糟糟翻出来。它锁在一根水管上。一辆白色普桑停在前方,车屁股对着它。普桑被转角灯照得锃亮。张大民瞧瞧左右,狠踢了普桑一脚,又瞅瞅嘉陵,也过去踢一脚。他将助动车钥匙塞回兜里,转身离开。

他步入弄口豆浆店。鳗鱼饭最贵,八元一客。他要了鳗鱼饭。鳗鱼的尸体被大卸八块,躺在青白色密胺餐盆上,覆着一层喷香的油光。张大民吃一口鳗鱼,吃一口压扁了的栗子蛋糕。他痛恨甜食,它们使他胃部绞起来。

豆浆店隔壁是一家发廊,门口旋着红白蓝的转花筒灯。玻璃窄门里,坐着四五个小妞,或修指甲,或拔眉毛,或将手探进紧身衣,调整胸罩带子。一个中年女人袒胸哺乳,望着门外的张大民。她脸上刷过脂粉,脖颈黄黄一截,到了奶子那里,又转成嫩色。那是一只年轻的奶子,婴儿吸得很欢。张大民搓搓手,推门进去。靠门的女孩站起来。

女孩领着张大民，斜过马路，钻进一户公房。"到了。"她开灯关门，脱掉羽绒服。屋内渥着一股酸冷，就像汗衣堆放过夜的味道。张大民坐到窗角方凳上。凳面冰一般硌着他。他又坐到床边，又站起来，在狭小的空间里兜转。

"干嘛呢？"女孩问。

"冷。"

女孩掀起枕头，拿出遥控器。空调轰鸣起来。张大民背对床铺。床前有两双一次性拖鞋，鞋尖冲着床沿。张大民将它们踢入床底。棉被半灰不白，污着几滩暗红血渍。他钻进被子，感觉皮肤瘙痒起来。

女孩笑了："棉毛衫裤也没脱。"

"先暖和暖和。你叫什么名字？"

"我没名字。"

"我怎么叫你呢。"

"叫我娟儿好喽。"

张大民半坐着，双臂枕在脑后。娟儿整个沉入被窝。她头发黏成一簇簇的，散在枕头上，升火的双颊红扑扑烤着，小鼻子小眼儿像要被烤化了。

张大民问她家在哪儿，有没有兄弟姐妹，什么时候来上海的，每天接多少人。娟儿越答越轻，仿佛即将睡着。

手机响起："好一朵美丽的茉莉花……"

娟儿道："老板，你老婆找你了。"

手机唱了几句，寡然沉默。

娟儿问："做不做？时间差不多了。"

张大民说:"让我看看你。"他俯过身,理顺她的头发,捧起她的脸,认真地看。

娟儿挣出脑袋,笑道:"没啥好看的。只要关了灯,女人都一样。"她抓住他的手,放到自己乳房上,另一手往下抚摸他:"怎么了,你不行啊。"

"我现在不想做,咱们说说话。"

"好吧。"娟儿也半坐起来,披上外套,从兜里拿出双喜烟和打火机。她给了张大民一支。张大民关灯。窗帘豁着缝,漏进一条油黄的光,被窗棂的影子断成两截。烟雾在光里缭绕纠缠。娟儿的手指也被照亮,那是短胖如幼儿的手指。"说吧,"她道,"你想说什么?"

张大民将香烟团进手心,皮肉"嘶"了一声。娟儿挪开身体,听他喉内滚动,确定他是在哭泣。她又靠过来,摸到他的胸脯,缓缓打圈摩挲:"老板,别这样哦。做人是辛苦的,有时我活着活着,也会没意思起来。中年人更是的,上有老下有小。怎么办呢?总得活着吧。"张大民抓住她的手,抱紧她。她年轻的肉体发着烫。他亲她的手,她的手指咸咸的。

娟儿道:"我给你拿纸。"

张大民闷声道:"别开灯,"他松开她,用指肚沾沾眼角,"好了。"

娟儿打开灯,掸掉被面的烟灰,去够床头柜上的烟缸。那是半只雪碧易拉罐,罐身有一道U型凹塘。她肉滚滚的大腿斜出被子,摊成扁圆形状。张大民盯着她的腿,伸出手,又迅速缩回。"你的趾甲油好看。"他说。

"真的吗？"娟儿将双脚摊放上来，"哪只更好看？左脚大红的，右脚玫瑰红的。"

"差不多。"

"怎会差不多，一个是大红，一个是玫瑰红。"

"都是红嘛。"

"大红是大红，玫瑰红是玫瑰红。"

"女人家干干净净，什么不涂最好。"

娟儿撇嘴道："胡说，很多男人觉得红趾甲很骚。"

张大民将她的腿塞回被子。她用脚趾夹他的棉毛裤。张大民捉住她的脚，揉捏着，那脚温暖起来。

"娟儿。"

"嗯。"

"娟娟。"

"嗯。"

"小娟，秀娟。"

"秀娟？谁是秀娟？你老婆吧，哈哈，不对，肯定是相好……唉，你怎么啦？"

张大民掀开被子，俯身从长裤口袋掏出钞票。娟儿数点着，说："老板，钱正好……这么完了吗？真是的，什么都没做……"

"听我正经说一句，"张大民道，"你该去读个书，技校什么的都行。要为将来打算。"

"嗯，好的……对了，你真觉得趾甲油不好看？两种都不好看？"

张大民穿起衣服，接着是裤子、袜子。他将羽绒夹克拉到顶。拉链头夹到脖子肉了。他收紧鼻孔,将一个喷嚏硬缩回去。过道幽长,他推开楼门,眼睛被扎了一下。花坛、房屋、街道、天际,像被白色掩进同一平面。雪花在他额上化为透明。他迟疑着,踩出一小步。

痒

郑小驴

站在街角抬头往上看,天空是个三角形,棱角分明。像是给刀劈过似的,少了一大块。立夏过后,南方的天气渐渐热起来,可以穿短袖了。街道上的妙龄女子纷纷换上了新近广东流行的短裙,裸露出一截藕色的玉腿。天气越热,姑娘们穿得也越理所当然起来,夏天是属于姑娘们的。胡少坐在一家快餐店的台阶上,斜睨着前方慢慢走来的女人,然后再目送她们远去。她们中的一半人,文胸的颜色是肉色的,余下的则是黑色。黑色明骚,肉色暗贱。胡少如此奇怪地冥想、发笑。他感觉到自己的屁股像块巨大的磁铁,紧紧地吸附在发烫的铁皮上。火辣辣的,是一种欲罢不能的痛。

头上是一块大运摩托车广告牌,太阳照到了一半,另一半像是浸在血里。骑摩托车的女人是艳照门里的明星,穿着一身黑色紧身皮衣。有一个小孩站在阴影里,他站一会儿,便跑到阳光底下晒,眼睛死死往太阳望去,直到睁不开眼,败下阵来。妈妈在旁边奚落他说,要晒成非洲土著?为什么要和太阳过不去呢,你斗得过太阳吗?

长途汽车从快餐店旁边不远的大门口进出。操着各种方言的人,匆匆塞进巨大的车身,有湖南话、四川话、潮州话,像一锅乱哄哄的八宝粥。这是他第一回来到南方,也是第一回看到密匝的厂区和汹涌的人潮。和他之前的想象差不多,又有些说不上来的差异。各种口音飘荡在湿润的南方空气里,他们按部就班地淹没在如蚁巢般的工厂中。胡少想,小骚是不是这蚁群中的一员呢?

几分钟后,小骚出现在他面前。他吻了她一下。抱了抱,又松开了。

小骚说,在医院躺了一个星期,快要崩溃了,昨晚出来的。她的声音太轻了,让人不放心。头发刚染过不久,酡红色的,和她雪白的肌肤很相衬。他看她的眼睛里有血丝,眼皮是浮肿的,像是许久没有睡过觉了。三天前,胡少突然接到小骚的电话。小骚幽幽地说,你太没良心了,我病了,你也不过来看我。胡少说,不知道你什么时候病的。接着赶紧安慰她。他们平时很少打电话,小骚的工作非常忙,常常加班加得一塌糊涂。他听她一说,料想她肯定病得还不轻。那天他们在电话里聊了许久,胡少问她什么病,她不肯说。只是说睡不着觉,精神状况不大好。

"我一直在等下一个声音，它一直不响，悬在我嗓子眼里，堵得让人发疯。"

她带他回到宿舍。小骚住在公司的宿舍，两居室，里面各摆了两张上下铺的单人床。小骚说，人多的时候，这套房子里可以住十六个人。不过现在只住她和一个同事了，她伸伸舌头笑着对他说。客厅很小，东边通向阳台和洗手间。角落里摆着一台旧电视和冰箱，玻璃茶几上有一些报纸，印刷粗糙，一看上去便知是地下出版物，白小姐袒胸露乳让人看了欲罢不能，上面还有很多黄色笑话，极端低级，但是的确很搞笑，比《故事会》上的笑话厉害多了。这些码报是我同事买的，她们常买这些东西，可也从没怎么中过。

"你同事哪儿的人？"他说。"她和我不在一条线，我们住了一年多了，几乎没碰过几次面，所以到现在都还不熟。"小骚说。

小骚的宿舍收拾得非常干净。小小的书桌上摆满了《读者》。码在一起，比书还整齐。"你每期都买吗？""嗯"，她答道。她喜欢猫，墙壁上挂着各种造型的猫咪照。阳光从窗户照了进来，整个房间都很热。胡少走到窗台前，楼下是一个简陋的篮球场。正午的阳光很刺眼，阴凉处有一个小孩正笨拙地拍着篮球练习投篮动作。南方的植物很茂盛，水分充足，色泽鲜亮，令人赏心悦目。小骚指着不远处低矮的建筑说，那是她们的厂区。

"这一大片都是我们的。我们的厂区是这个城市最大的，有十万人呢。"

胡少听了有些吃惊。小骚又说："这栋楼全部都是我们的宿舍，三十九层。隔壁那一片也是。"

"这是多少层?"胡少说。

"十八。"

菜提前就买好了。看得出,小骚早已准备好了。胡少走到洗手间冲了个凉,然后帮她择菜。他说:"你为什么不养一只猫呢?你不是很喜欢养猫的么?"

"没时间陪它,它会寂寞死的。"她抬头直直望着他说道。

"你一个人过吗?"胡少说。

她"嗯"了一声。"你呢?和女友分了?"

"分了。"胡少放下手里的青菜说。

"为什么要分?"

"……原因很复杂。"

小骚轻轻叹了口气,走过去打开电视机。他们一边看着电视机,偶尔闲聊几句。菜择好了,小骚让胡少看会儿电视,她转身去了厨房。沙发已经很破了,中间有个拳头大的破洞,不知怎么捅出来的。那是一台二十一英寸的破康佳,和他在北京郊区租的房里的那台一模一样。胡少痴痴地望着康佳的商标,不知它为什么要搞得像诺基亚。他走到厨房,发现插不上手,小骚说,你还是去看电视吧。

吃完饭,小骚问他要不要休息一会儿。胡少说不用。小骚说,热吗?胡少就说,热。胡少将手搭在她肩上,轻轻说,我给你按摩会儿。胡少的手感很好,他以前跟人学过一阵子。小骚一副很享受的样子,胡少的手便有些不老实起来。小骚挣扎说,这样不好,对面会看到的。胡少抬头飞快地望了眼对面说:"没事"。他们在那张破沙发上做了起来。小骚又说,同事回来就不好办了。胡少没再搭理,径直地进去了。

小骚躺在胡少的怀里,破沙发经受了一番考验后,又伤筋动骨了一回。电视里正在播放着动物世界,弱肉强食,适者生存。小骚说,这有嘛意思。胡少说,那是真的,还有体育节目,也可能是真的。那其他的呢?小骚说。新闻啊开会啊口号啊,都可能是假的,是做给人看的,就像A片。胡少嘻嘻地笑。小骚说,你真坏。

穿好衣服,小骚又回到了之前的样子。说:"这一年多来,我一直睡不好。"

"是因为夜班吗?"他说。

"说不上,反正躺下去越久,头脑越清醒。我一直在等下一个声音的出现,它堵在我心里,我都快疯了。"她将手插在头发里,痛苦地摇了摇头说,"脑袋好像不受我控制,长在另外一个人身上。"

"医生怎么说?"

"开了一大堆药,其实吃了和没吃一样。一点用都没有。"

"是什么声音?"

就是"嘣"的一声——从高处掉下去的声音。她指了指楼上说。"我等了快一个月了,这些夜晚几乎没好好睡过,奇怪它再也没响过了……"

她抖着将手放下。"我的脑子里……仿佛有一台高速旋转的机器，我怎么也不能使它停下来。一闭上眼，就是闹钟声、刷卡声和流水线上的嘈杂声，我做梦都在贴商标……就是没有人说话的声音。这个世界真安静啊，我等嘣的一声等得要疯了。"

"能换份工作吗？"

"我以前试过。不管用的……前天我又梦到我妈了，她好像死了，被车撞死的。我连车牌号都记得，是一辆尼桑车，一个长着巨大的光头撞死的，他下车看了一眼然后就开车跑了。真是奇怪。你还记得我妈妈吗？"她抬头望了一眼他说。

胡少没有作声，深深地吸了一口烟。浓烟弥散在他的眼前，除了乳白色的烟雾，他什么也看不见。

他问家里有没有烟灰缸。

"没有。"她说。"哦，"她像是想起来说："等会儿。"她进去拿来一只很小的水晶烟灰缸，里面有两支抽完的"520"牌女式香烟。"这是朋友抽完的。"她解释说。

她带他逛到晚上才回来。看了一场电影，是《杜拉拉升职记》。之后去逛街，在地王大厦附近的商业街，他陪她买了一套打半折的护肤用品和一身四折处理的火红色的连衣裙。

"这里是市中心，最昂贵的地段。繁华吗？"她问。

他点了点头。

"他妈的可惜不是我们的。"她说了一句粗话。

胡少不知道小骚为什么要买这么惹眼的颜色，她摇曳着转了转身，问他好看吗？他说了两个字，"好看。"

回去的路上，小骚让胡少拉着她的手。她的手有些冷，有些陌生。胡少已经记不得少年时期拉小骚的手是什么感觉了。但是肯定不冷。如果冷，他一定会记得的。两人聊了一会电影，都说假。她说靠个人奋斗来改变命运的时代已经过去了。她倚靠在榕树下抿着嘴微笑，像只涅槃的火凤凰，他突然感到恍然若失。

他以为小骚再也不会联系他了，自从她去了南方后，从此音讯全无。胡少以为将就此彻底忘掉小骚时，她又冒了出来，一把将他带回了过去。那曾是最纯真的初恋。都将彼此伤得很深，爱得很烈。尽管后来他回想那段青涩的经历，并不能判断出懵懂的好感和热烈的爱恋哪个更多一些。大学四年，他认真地和一个北方女孩恋了一场爱，并履行了恋爱中应该做的一切：约会、牵手、接吻、做爱、同居、分手。这四年，胡少只知道小骚在南方的一些工厂里打工，其他的一无所知。

华灯初上，南方的夜充满了热烈和奔放的气息，这是一个年轻的城市，平均年龄还不到三十岁。四处涌溢着暧昧的情绪，香车宝马，美女进进出出。小骚指着从一辆宝马车下来的一个年轻女子说："她是一只鸡，你信不信？"胡少说："你别瞎说。"小骚吃吃地笑了几声，矜持地说："你不信？这个鬼地方就是这样的。"

在路边吃宵夜，喝了很多支啤酒。胡少说："你少喝点行不行。"小骚说："真八婆，管我那么多，啤酒又不醉。"吃完回去时已经很晚了，客厅漆黑一片。"你的室友还没回来吗？"他问。她摇了摇头："她好久没回来过了，兴许辞工了。她睡觉从不关灯的，所以一回来我就知道。她回不回来，和我没什么关系，反正都没说过话。"

两人躺在床上开始做爱，他想起小骚还没吃药。她肯定是忘记了。做完爱，他提醒她吃药，小骚应了一声，说已经吃过了。

他想不起来她什么时候吃过药。

小骚说，睡吧。她钻进他怀里，让他抱着睡。他捏了捏她的乳头，两人又说了会儿闲话，就睡了。后半夜的时候，他醒了，发现小骚不见了。他去上厕所，看到阳台上坐着一个披着头发的女人在抽烟，吓了一跳。看清楚原来是小骚。她坐在阳台上，背靠着墙壁，火红的烟头在她脸上闪烁。那时已经是凌晨三点了。他说你还好吧？小骚抽烟的手支在膝盖上，微微颔首地朝他说道："没事，我睡不着，出来透透气。"

胡少上完厕所，陪着小骚一起坐在阳台上抽烟。之前他从未见过她抽烟。"520"牌香烟细长，胡少不习惯这种女式烟的气味。四年前的小骚，还扎着马尾辫，喜欢穿运动鞋，热衷收集明星的花边新闻，憧憬未来，相信依靠奋斗能够改变命运。那时她不抽烟，笑起来很甜，有一个小小的酒窝，很少沉默。她说最大的理想是当一个娱乐记者。

"你看到前面那些还亮着灯的地方吗？那里都是在加班的厂区。"小骚说道。胡少朝着她指的方向望去，橘黄色的路灯不远处，便是密集的工厂区。雪白的日光灯透过玻璃窗户，像深夜航行在茫茫大海上的一艘巨大的游轮。

往下面俯瞰，依稀可以看到一个中年保安手里拿着一根橡胶警棍在马路边上慢慢地巡逻，他从东走到西，然后又折转往回走，一个来回刚好一支烟。

"这个人是四川江油的，上个星期他女儿在这栋楼前被车撞死了。就住我上面的。"小骚说。"才十九岁，是个九○后。她爸爸看着她死去。据说是自己撞过去的。"

"自杀？"

"据说是失恋了，也有人说是忧郁症。具体我也不知道，反正这里经常死人，没什么好稀奇的。"她将烟灭了，立刻又点燃一支。"嘣的一声！"他发觉她的眼光突然增亮了许多，看上去有些可怕。

"之前我也想不明白，这么好的年纪，还有好多事她都没做呢！后来我才想通。"

"想通什么，你可别乱想这些东西。"他惘然地说。他不知什么时候已经抓着了小骚的手，紧紧地握在手心里，似乎一松开，她就将变成一只蝴蝶飘走。

"你还喝酒吗？陪我喝酒好不好？"

他跟她进了客厅，冰箱里存放了许多瓶北京二锅头和哈尔滨啤酒。塞得满满的，让他目瞪口呆。他发现了几包猫粮，有一包已经打开。

"怎么有猫粮？"他狐疑地问道，伸手打开冰箱的冷藏室，被她轻轻地抓住了手，她的眼神飘过一丝不易察觉的慌乱。他分明摸到了冰凌一般的毛发。她双手勾住他的脖子，散发着清凉薄荷香烟味的嘴唇凑了过来。

"你平时也喝酒吗？"他说。

"睡不着的时候，我就喝一点。喝醉了才能睡得着，睡着了我就不怕那嘣的声响了。"

他开了一瓶啤酒，两人开始对饮。月光越过窗台，淡淡地挥洒在阳台上。夜晚很湿润，有南方独特植被散发出来的气息。夜静得让人忘了白天的喧哗与浮躁，仿佛白天没有存在过。小骚靠着胡少的肩膀，坐在阳台上，微微的夜风吹拂而过，伴随着银白色的月色，有些醉人。

"没来这里之前，我曾以为城里是没有月光的。胡少，有时我特傻，以为只有我们家乡才有这么好的月色。可我已经不喜欢家乡了，越来越不喜欢。越来越没有当年那种感觉了，被城市榨得干瘪丑陋无比，像个弃妇。那年我拖着一个巨大的旅行箱，把所有能带上的东西全带上了，再也不愿回去了。这么多年来，我依旧没找到家乡的感觉，反而丢失了以前的……社会那么务实，大家都忙于挣钱，连谈心的空闲都没有。我刚来的时候，经常听耳边很多人说，要在这里买个房子，将根立在这儿。后来这些人就不知去向了。来时容光焕发，去时已年华不再，下落不明地生活着，奔波着。飘来飘去，人就老了，很多人回家生孩子做了别人的老婆，从前的理想现在马上换了一茬新人，像割韭菜一样，年轻的他们照旧激情澎湃，说要在这儿或那儿奋斗几年，将来买个房子和车子……我听了想笑。但我没敢笑。他们毕竟还有梦想，不像我。"

她伏在他的肩膀上玩弄他的头发。胡少觉得有些痒。他不知怎么安慰她。小骚已经不是几年前的小骚了。他觉得她离他已经很遥远，很陌生，却那么相像，像是同一条渡船上的陌生乘客，通往相同的目的地。

"那小女孩后来怎样了，新闻报道了吗？"

"报了又有什么用？这个世道变了，大家都渴望着一夜暴富，心都乱了。"

"每到夜里我就感到害怕。手机里储存的联系录从头翻到尾，又从尾翻到头，没有一个可以谈心的人。"他劝她少喝点，她点了点头，很乖顺地依靠着他的肩膀。她又说，"你变得比高中时帅气些了，稳重了。可我依旧喜欢高中时期的你。不知怎的，我想起你的时候，永远记得的是那时的样子。我那时太不懂事了，对不起你。"胡少说，"那时我也不懂事，说对不起的应该是我。"小骚说，"要是那个傍晚我们不在学校门口闹成那样，兴许我也考上大学了呢。胡少揉了揉她肩膀，没再说话。那是过去的事了，再也无法挽回，胡少想。

小骚说："你帮我背后挠一挠，痒。"胡少将手伸进她的衣服，问是这里吗，小骚"咯咯"地笑，说对了。小骚又说，那边好像也有一点痒了。过了一会儿，又"咯咯"地笑起来，说再那边点也痒起来了。"痒，好痒！"小骚"咯咯"地笑。

"你挠我这儿的时候，那儿又痒了。"
"我好像全身也痒痒起来。"

"嗯?"她反过来轻轻在他腿上挠了一下。痒……痒起来了。这儿……那儿……用点力。

他觉得越挠越痒,越痒,越想用力挠。乃至抓破皮肤血肉模糊,非得让自己痛起来。

昨日重现

于一爽

　　我不相信也得相信，在我们见面之后不到一年，刘虹就死了。她跟一个男的在北京去天津的高速路上钻到一辆大解放里头去了，听说脑袋削掉了一半儿。当老牛跟我说刘虹脑袋削了一半儿的时候我只是觉得一阵恶心，她那个脑袋呀——我一点儿没因为那些旧日感情而有丝毫悲伤，我倒想起那次同学聚会。恶心持续加剧。

　　我叫方成，属鼠的。一般老喜欢跟人说我属耗子。1972年生。眼下，我就四十了。如果2012只是开个玩笑的话，我倒希望转过年的2013我能做出点儿成绩来。我在一家影视公司做文学总监，听听，听着还真不错是吧，可是这年头，总监比耗子都多，何况我们公司，大老板喜欢女演员，小老板成天给大老板拍马屁。谁他妈想做事儿啊！所以呢，我什么都不做也能混得挺好。谁要看见我现在这副德行，真想象不到，我当年也是中戏的。往前倒退十几年，中戏出来的可不像现在如过江之鲫，那会儿个顶个都特有理想，可惜生活是把杀猪刀。

大概十个月之前，也就是去年秋天，我接到老牛电话，说："聚聚？"我开始没听明白，他又说"聚聚？"老牛当年和我一班的，我说怎么个意思？他说就快2012了，咱们老同学再不见就见不着了。

我当时挂了手机就往地上啐了口唾沫，没想到，我同学都这么庸俗了，聚聚就聚聚，乱搞就乱搞，提什么2012啊，又不是九〇后，真死了还有点儿可惜。咱们已经黄土埋到裤裆了。

毕业十几年，我正经联系的没几个，跟老牛有时候打打电话，他在社会上小有名气主要是因为当年半夜在剧组使劲儿骚扰一小姑娘被曝光上了头条。要我说，真得怪这龟孙子运气不好，那会儿是90年代，坏风气刚刚抬头。

虽然啐了口唾沫，我还是说了去。一方面是闲着也闲着，二方面是我有点儿想重温旧日情怀，这可真够恶心的。我也不知道我怎么有这么恶心的念头。

我们的同学聚会定在了三里屯的"一坐一望"，去了之后我才知道，其实也不是老牛提议的。说来也是，老牛混的也不怎么样，他大概是想拉一个更不怎么样的垫底儿。

这么一想，我就舒服多了，也不像刚迈进门槛时那么紧张了，有时候自我羞辱真叫人觉得轻松啊。

1993、1994年我刚毕业那会儿，还是个挺利落的瘦子，现在肚子大的打炮儿都得先挪后头去。我媳妇儿跟我结婚十几年，对我的长相先是从看不起到压根儿就不看了。有时候我光着个膀子在屋里转悠，她就跟没这个人儿似的，给她转悠晕了她撑死了来上一句——瞧瞧，瞧瞧你这肚子。

我每次都说——是，我哪儿像一搞文艺创作的啊？说我是方屠户还差不多。

那天进了包间，猛一看我真以为进错屋子了。要不是老牛挺大声来了一句——"方成，别矬摸了，这，这来！"我才缓过神来，这一屋子妇女还有大叔，你们都谁啊，咱是一伙儿的吗？我当时想。

后来我就找老牛坐着。又跟几个人打招呼来着。应该是老年痴呆提前了。张弛跟我说他叫张弛，我思绪万千半天，张弛谁啊？我们班的？艾丹也说——"嘿！方成，你也不理我。"我哼哼哼！心想，艾丹？咱认识？接着又哼哼哼，最后干脆咣咣咣喝酒。我真跟你们这种老逼做过同学，不能够吧？当我这么想的时候，我总是摸摸自己滚圆的肚子，我也不是当年的我了，可我还是不愿意那么去想。于是又咣咣咣喝酒，我一个劲儿跟在座的，少说得有十几个吧，干杯，一杯接一杯，压根儿就没吃上一口。还跟几个人递了名片，有几个一看我就笑了，"嘿，跟我一样，总监，咱比耗子都多。"哈哈哈，越到后来越晕，高兴得的不得了。其实，也不是高兴，可我总不能不高兴吧。就这么硬撑着。真他妈没劲透了。印象中，我好像还摸了一姑娘的手，也不是姑娘，妇女了，就坐我左边的左边，我右边儿是老牛，左边是谁来着，忘了，左边的左边的妇女，她说自己叫刘虹，她说你还记得我吗，她说我喝多了。我说那咱俩喝了吗。因为有时候见面真没什么可说的，于是我摸了一把她的手——我说："刘虹啊，你就是刘虹啊，你怎么胖了。"她说："你也胖了。"我说："我胖的不成样子了。"她说："你不光是胖了"。我说："哦，是吗……"后来我们就什么都没再说。因为我左边的一直哼哼唧唧，说什么别胡搞啊，你妈的，你把刘虹都忘了。我说老同学了，叙叙旧，你们别闹……其实我还想说我内心无限伤感，可是胖子好像不能伤感，尤其像我这种胖子，猛一看以为混得特好，伤感，一准儿以为是闲的。于是我松开刘虹的手，正好儿憋得尿急，我去了卫生间，跨过几个人的时候，我还拍了拍他们的肩膀，当然我也知道，这个世界光拍拍肩膀是显然不够的。

从卫生间回来之后，我稍微清醒了一点，这主要是因为，我想起刘虹是谁了。一方面是我们当真做过同学，另一方面是，她是我追过的众多女孩儿之一。至于其他那些众多女孩儿都哪儿去了，我想她们跟我再没关系。

于是我回到座位之后，跟我左边的换了位置，就算我不换，我也能挨着刘虹。局已经乱了，有人喝的七仰八歪，一个劲儿的回忆往事。老牛在说当年怎么怎么打球，那会儿体力可真行，夜里玩儿牌，早晨操场没人，正好踢球，踢到十点来钟回宿舍睡觉，起床就去喝酒。

其实当时，刘虹的右边已经空出来了，她右边的男的跑到我对面搂着另外一个娘们儿。

我喝了几口可乐漱漱嘴，坐到刘虹的左边儿去了。当我"咕咚咕咚"喝可乐的时候，我觉得我又回到了当年。刘虹好像酒量不错，她两颊红扑扑的，一举一动都看着挺清醒，她正往嘴里扒拉一碗米线。我点了根儿中南海看着，我就别提多喜欢看女人大口大口吃东西了，我觉得她们只有吃饱了才有力气做爱。当然，我现在想这些也有点儿不合时宜。而且，别说做爱，趁我尚还清醒的时候，我想了一下，我跟刘虹好像只是拉过手。

"来点儿？"刘虹这会儿指了指碗跟我说。她一定觉得我喝多了，她想让我吃点儿。我把烟掐了，用她的筷子扒拉了两口。然后放下筷子又点了根儿烟。我说："这一晃，我们得多少年没见了？"

此时四周乱哄哄的，我的问题怎么听怎么像个傻子。

刘虹一笑，当她一笑的时候，我觉得她还是有二十岁的模样，或者她压根儿就没有二十岁的模样了，可是我只见过那会儿，一直那么希望。于是我看见了我希望看见的。当然这都不重要，总之我眼前这个快四十岁的女人，我们曾经相当认识。

我觉得我不讨厌她。因为除了我老婆之外的女人，我都不是特别讨厌。

刘虹说："给我来根儿。"

我给她点了一根烟，我还问她中南海行吗，我总是觉得女人都得抽那种细细的、美妙的、优雅的。

刘虹说："少来。"

她这么说的时候，红扑扑的两颊上长出一个小酒窝。少来，呵呵，可爱极了。

"你好吗？"她问我。

没等我说，她就又说："可是和当年想的不一样。"

我说什么？

她说很多事情。

我说干吗伤感啊。

她说不啊。

我问她生活好吗。

她说还不错，可是干的事儿和当年学的没一点儿关系。

其实我压根儿不关心她干什么，别说干什么。她不干什么和我有屁关系。我是想问，你结婚了吗。

刘虹说："我就不配结婚吗？"

接着她"哈哈"大笑。

我说那就好那就好，结婚就好，我又说我也结婚了。不过唯一的区别是，她还有个孩子，她说是姑娘，快十岁了。

我又一个劲儿的说那就好那就好，其实我心里想的是，真够想不开的。

后来刘虹说要去卫生间，我说，走，一块儿。当我们俩一块儿往外走的时候，老牛还哎呦喂，好像他掉了颗门牙似的。

我说马上回马上回。光天化日之下我还能干什么啊我，关键是我也不想。当年都没有的事儿现在就更不想有了。但是从卫生间回来之后，我跟刘虹又在过道里多站了一会儿，她说外面清净。我说都好都好。

在过道站着的时候，我们时不时就得侧过身子给路人腾地儿，有时转得有点儿猛，刘虹就会贴我肚子上，不过马上就又分开了。两人东扯西扯也没什么可说的，女人最大的话题是孩子，可是我对这个想都没想过。她问我，你就没想过要一个。我说我没想过，我又说我真没想过，我也不知道我为什么没想过。

当年我发誓娶我媳妇儿的时候，我也是非常非常爱她，她当年也想生，我总说等等等等，好在她现在生不了了。要是生了，医生说，就得等着变成一大胖子，挺难恢复那种，她要真成了大胖子，我们俩就更没性欲了。当然这些都是我的心理活动，我可没跟刘虹说半句。

我只是说："真快，可真快啊，那会儿在学校的时候咱俩也老戳在过道儿。"

我说完了她就笑，我也不知道有什么可笑的。后来我说进去吧，她说不了，要早点儿回家，小孩儿等着呢，改天吧，改天去我家玩儿。

我说那好吧，她说你可一定来啊。我说来。她又说："哦，对了。咱可连个电话都还没留呢。别回头一分开又是十几年。"我想，再过十几年，人肯定就聚不齐了。要是再过两个十几年，全一堆儿一堆儿的了。

后来她跟我说了手机号，我给她打了一个，她说："那，先这么着。你再跟他们玩儿会吧。我走了。"我说："行吧，再约。慢着点儿。到时候电话。"

当我跟她这么说的时候，我一点儿也不觉得还能见面。

人总是得讲点儿礼貌不是吗。

刘虹走了没几分钟，我就喝多了，我觉得没必要再保持体面，我跟张弛啊艾丹啊老牛啊小张小李的来了个大满贯，谁是谁我差一点儿就都想起来了。

回家的时候没有一点也有十二点半了，我媳妇儿赠了我个白眼球就上床睡觉去了。我当时借着酒劲儿挺想做爱的，裤子都没脱就往她被窝儿里挤。我媳妇儿倒好，来了句："你别强奸我啊。"

"强奸，要强奸你还不是分分钟。"我这么说的时候，主要是在吹牛。接着，我就打起了呼噜。好像还被谁踹了几脚。我骂了两字骚

×。很快就做起梦来。

我的一天总是在这种事情中结束。

我很生气她压根儿没问问我同学聚会的事儿，真亏大发了，早知道我就气气她了。

不过我也就那么想想。因为第二天起床我媳妇儿还问我："你昨儿骂谁骚×啊，我骚×吗？"我当时宿醉未醒，我说我没闻过。她使劲捶了我两拳，又问我："头还疼吗，吃不吃阿司匹林。"我勉强点了点头。

那天之后很久，我的生活又恢复了一如既往的平静。那种生活对我来说之所以平静，主要在于太过熟悉。我每天出去吃吃饭喝喝酒看看本子有时还见见北影中戏的女孩子。年轻的女孩子可真好，她们总让我觉得生活无时无刻不充满阳光。当然通常来讲，这和我都没多少关系。

后来有一天，我正在家上微博的时候，准确地说，正跟一个小姑娘发私信的时候，接到一个电话，没有显示我也不知道是谁。但是所有没有显示的号儿我都听听，我是怕错过什么机会，我媳妇儿老说我贼不走空。

"你好！方成啊。"电话那头儿说。

"嗯。"我吭哧吭哧，我觉得电话里头的声音也不是特别陌生。

"行了行了，一准儿把我忘了，我，刘虹。"

"什么啊，刘虹啊。"

幸亏她提醒了我，那天喝多了，压根儿没存谁的号。

我又臭贫了两句，意思说这么多天了就等着她这电话呢。

当我表达这个意思的时候，我突然觉得有点儿沮丧。我觉得何必呢。刘虹说："要没事儿，明天来我家吧。"我说，"明天啊。"我想了想，（其实明天我没什么事儿，我哪天都没什么事儿，可我还是想了想。）接着她又说："我孩子丈夫也在，不然你叫你媳妇儿一块儿，随便吃个饭呗。其实那天还挺想跟你多聊会儿的。"

我说是啊。那行吧。后来她给我发了个地址，真没想到我们住得这么近。至于我媳妇儿，我就从没带她出来吃过一顿饭。我还没想好明天跟刘虹聊点儿什么。有什么可聊的呢。我们都这么大的人了。

次日傍晚到了刘虹家的时候，果然没见到她丈夫孩子。可我还是问了一句。她说他们爷儿俩晚点儿回来，她说要不要出去吃，我说出去吃吧，想吃什么，得我请。她让我在客厅坐会儿，她去换身儿衣服。我说你忙你的，我瞎转悠转悠。我说你家装修的不错啊。（这肯定是我编的，他们家是老干部风格，我觉得傻透了。主要是我实在不知道说点儿什么。）刘虹顶了我一嘴说："你就编吧你，这屋子跟个死人住的似的，灰不溜秋的。哎。"她接着又说："不过我没把这个特当回事儿过。"

她这么一说，我觉得都怪我没话找话，接着我又看了看她客厅里的结婚照。她本人可比照片上老了挺多，我说："累吗平时？"

她呵了一声。好像这根本不是一个问题。走吧。刘虹很快就提上了高跟鞋。我觉得每个胖子身边都应该有个穿高跟鞋的女人，我很喜欢。我们出了门，我们去吃了一家广东馆子。

刘虹点了几个菜，她说喝吗，我说都行，都行的意思就是喝，不然我们相视而坐实在尴尬得要命。广东馆子都喜欢在墙上挂个电视机，在我没有感觉喝多之前，我一直盯着看，各种新闻。刘虹说："你看这个世界上每天都发生这么多事情。可是我们还活着。"

活着。她竟然说了活着。我想她疯了。

另外我真搞不明白她为什么把我叫出来喝酒。

就像我说的,她是我追过的众多女孩儿之一,可也就是拉拉手。

如果拼命叫我回忆的话,或许也能想起来——当初,我们一起做了四年同学,还有半年时间在一个剧组实习。90年代中期,我们一起在大兴安岭弄一个戏,每天收工的时候,我们就一块儿吃饭喝酒聊天,聊到热情澎湃的时候,她总是拽着我的手,说是要为祖国四化做贡献。那会儿我还是个童子,有次在大兴安岭深处(听听,这可真够抒情的,也没准是我不惑之年编的)我说:"那咱俩好吧。"

我都忘了刘虹当时怎么说的了,她大概是说:"好?什么是好啊?好是什么啊?"

后来我们又说这说那。不过都是过去的事儿了,我也不怎么想回忆。我真担心我无非是在夸大当初那点儿好感。也许都仅仅是人到中年生活了无新意,总想重拾一点旧日时光。

再或者说,搞一下,这容易的不得了。

"方成啊,"刘虹说完(可我们还活着)之后好像还没完,又说:"你现在生活怎么样,幸福吗?"

我说挺好的,其实同学聚会那天我就跟她说过,挺好的真挺好的,至于幸福吗,我早就没那么幼稚了。无论怎样我都活得挺好。

"吃菜,多吃点儿。"我跟她说。我想把我们的关系弄得庸俗点儿,什么活着死了的,现在哪儿有人聊这个。我宁愿聊点儿挣钱的事儿。记得上学那会儿,我们豪情万丈,刘虹那会儿总说:"方成啊,我觉得你特有才,你一准儿成,以后你要出名了可怎么办啊?"我当时总说:"出名!你骂我呢吧,这个时代只需要次好的玩意儿,像我这种这么好的,哪儿能出名啊?"于是刘虹总说:"你就吹牛吧你。"其实当时我还真不是吹牛。我当年就是那么想的。

"还记得咱俩当初一块儿在剧组实习吗?"刘虹夹了几筷子菜在盘子里捣来捣去说。

"是啊。"我想说我刚这么想来着,自然我没这么说。

我说:"那是什么戏来着?"

后来我们就想了半天,我们把90年代中期的几个电视剧都过了一遍,可是好像没有一部是在大兴安岭拍的。

再后来出现了短暂的沉默,以至于我们在一瞬间都不再相信,我是不是真的在大兴安岭深处跟她说过那咱俩好吧。

好吧,无论这是不是当真存在,借着酒劲儿,我们又聊了各自的生活。自从学校分开之后,大家就断了来往。刘红说怎么后来就没见你啊。我呵呵一笑,我也不知道怎么就没见,应该是都忙,她叫我闭嘴。她说:"知道吗?你那会儿挺好的。"我说:"是吗?呵呵,是啊,当初还没大肚子呢。"

"哎。"刘虹叹了口气。

我最不喜欢女人叹气了,好像生活很值得惆怅似的。我一瞬间觉得女人都是一路货,我狂喝了几口,喝酒不就是为了喝多吗。我想到我老婆。我还是没想起那个电视剧叫什么来着,我觉得一切都不存在。

我跟刘虹说我多喝点儿,你少喝点儿吧。

因为她也不年轻了,不年轻的意思是——当我借着餐厅的灯光仔细看她的时候,她眼角的鱼尾纹儿也不比别的女人少。

刘虹一个劲儿说没事儿没事儿高兴呗,后来又说你他妈别不喝啊。我说好好好、可是我真不知道，她威胁我干嘛啊。还怪里怪气的。这就跟当年她问我什么是好啊，好是什么啊。气得我啊，当年我一个童子，你问我好不好，我没试过哪知道好不好啊。于是，哦，我想起来了，好像是那个剧组刚杀青，我回到学校就跟一个低年级的女生上床了。

我当时肯定是觉得好，特好，好极了，我当时应该是一点儿都不在乎刘虹了。当时班上还老造谣说我跟刘虹在大兴安岭怎么怎么着的时候我跟刘虹都不怎么说话了。那些年，可真奇怪。不过很快彼此各奔东西。

"哎，别提这些了，现在我们不都挺好的吗。"我说。

"好？是啊，哎，好吗？"刘虹说，"方成，怎么混了十几年，你给自己混成了一个胖子。"

当她这么说的时候，我瞅了一眼自己的肚子，我真不知道我的肚子招她惹她了。

"这话说得，跟我媳妇儿似的。"我嘀咕了一句。

"你媳妇儿？你提你媳妇儿干吗啊？"

我就是随便一提，我想，谁没事儿愿意提自个儿媳妇儿啊。

"那你知道我丈夫哪儿去了吗？"刘虹晕晕乎乎地说。

"啊？"我哼了一声，我知道她这会儿是真的喝多了，我说："我哪儿知道你丈夫去哪儿了啊？你丈夫是谁啊我都不知道。"

"是啊，你怎么会知道呢？"刘虹说。

时间一秒一秒地过去，越到后来我越玩命儿喝啤酒，好像我觉得自个儿肚子还不够大一样，我真想给它喝成气球带我飘到房顶儿上去算了。刘虹趴在桌子上，天上一句地下一句的，我一个劲儿的点头。

我越来越觉得她和我媳妇儿真没什么区别。她和很多40岁的女人都没什么区别，全搞不清楚自己丈夫去哪儿了。我甚至在想，如果我操一下她，她会不会停止喋喋不休。我只是那么一想，我肯定不会那么去做。可是我如果不去那么做一下，她为什么叫我来呢？她仅仅是想找个胖子一醉方休吗？我就这么等待着时间一点一滴地过去，当我想不出怎么办的时候我都是这么办的。

大概晚上十一点的时候，餐厅的人陆陆续续走了，我说："刘虹啊，你不回家看看孩子？"

她说你傻不傻啊你，她跟她爸去外地了。

我说哦。

沉默了好半天之后我问那你怎么没去啊。

她哼了一声，好像我是个完全不懂婚姻的傻逼。

"那，怎么着？"我说，"我送你回去吧。"

后来我起身，结账，又像当年在大兴安岭一样，拉着刘虹的手。她用手抓了抓头发，头发全给抓乱了，我很想给它们弄平，但是我没碰她。这绝不是因为我是什么正人君子。只是我闻着她一嘴酒气，我突然觉得不必了。

刘虹屁股紧紧贴着椅子，看不出有要走的意思。我说关门了，换地儿吧。我这么说纯粹是为了哄她，哄她回家，然后我也回家。

我知道这个晚上搞砸了。

有时候真应该相信那句话——老同学最好不见。

其实还是不见最好。

当我拉着她的手使劲把她拽起来的时候，她嘴里又念叨我的名字。可是她都没睁开眼睛看一下，如果发现方成早就是个胖子的时候，她一定觉得没意思透了。

当我给她拽到门口的时候，刘虹说："包。"

她这么一说我就放心了，我知道女人到最后总比男人拥有更多理智。我让她靠门框上等着，我重新跑到二楼去把她的包拿下来。这点上，她和我媳妇儿真是一路货。她们那包啊，好像都是个什么牌子，我也不懂，我反正知道：贵的就是好的。女人想要的都是对的，我从不跟女人争论这些，这主要是因为我懒得厉害。

当我重新跑到楼下的时候，气喘吁吁，刘虹自己已经拦了一辆车坐在后面，打着双闪，她这是也想让我坐进去吗？然后呢，我想了一下。我打开车门，她的头靠在椅背上，头发把眼睛遮住了我也不知道她是不是还醒着。我欠着身子把包放她腿上，又使劲敲了两下叫她拿好。她嗯了一声，她把挡住眼睛的头发别在耳后说："方成啊，我喝多了，对不起。"

我说："哪儿啊，你一人能回去吗？"

其实我这么问就已经不想送她回去了，否则我会跳上车什么都不说。或者直接紧紧抱着她，女人呢，你只要给她几个地儿弄舒服了，她们就什么都不讲了。可是我不想，现在不想，趁着酒劲儿也不想，怎么说呢，要说的话就太残酷了。真的，太老了。刘虹太老了，那次同学聚会的惊喜也很快被这种相对而坐的细节取代，我们唯一愿意回忆的只是在大兴安岭的年轻岁月。

刘虹也不是什么都不懂的小女孩儿，她都长了这么多鱼尾纹了她当然不会不明白我的意思。"方成啊，方成，我希望我们还能见。"她说，"你快点儿回去吧，不早了。下次我请你。本来说好我请你的。"

后来我关上车门，夜晚的出租车总是开得挺快。在街口的红绿灯下停了一下之后，一切都从我的视线中消失了。我也马上拦了一辆，司机问去哪儿，我说丹提，我没有回家。我还是去了酒吧。在丹提门口的树坑里，我解开腰带撒了一泡尿。尿了挺长时间，我甚至觉得有点儿虚脱，后来我紧紧抱着一棵树，我去找了小姐。

那次之后，我和刘虹没再见过。隔了一个春节，她给我发了短信，弄得我们挺熟似的。她说常联系，我说没问题，我还给她发了个笑话。再后来，哦，再后来，就是老牛跟我说刘虹死了，车祸，车上还一男的，也死了，好像不是他丈夫。

这可真够突然的。我当时有点儿不相信，因为不愿意相信，我说："刘虹？哪个刘虹，咱班那个？"

老牛说："哎！你行不行啊？刘虹，刘虹啊，你初恋。"

我没再说话，如果时间往回算的话，大概是的。当时班上只有两个同学被选去剧组，大兴安岭深处。他们都说我跟刘虹是一对儿，刘虹是那会儿班上最可爱的女生，没事儿就顶着俩酒窝嘎嘎嘎笑。我当时老想着找个机会问问她，你笑什么笑啊？

长河落日缘

兰若斯

十年前在我还不到二十岁的时候——或许那时候早就过了二十岁啦,但我实在想不清这么让人不愉快的事情,就当是一个只有十六七岁的少女吧——我去了幽州,说是去找那个"前不见古人,后不见来者"的戏台,幽州台没找到,却找到两棵活了几百年的大树,和几个看起来同样活了几百年的村民。那个破败的村落居高临下,清晨可以看到下地的人扛着锄头哼着悠远的调子渐渐失去了踪迹。

现在诚实地回想起来,或许那歌声并不存在,顶多是耳边初春的风,但这不重要,重要的是我真的曾在那儿生活过,找我梦里出现过的姐姐。这听起来渐渐像一个聂小倩的故事，实际上，是这样的。

或许我去那里，是为了找另一个人，而不是把那个梦接下去。

我小时候家在济阳，和济南同样把黄河高高供奉在头顶上，他们在南岸，我们在北岸。每当黄河泛滥，人们失去勇气的时候，就会把黄河北堤炸开泄洪，以保证济南的安全。这里的人在梦里总觉得身子底下湿漉漉的，好像河水已经淹到了鼻尖上。这样感觉久了就会得风湿，就要去济南看病，去了那儿的人，就再不回来了。因为医生总是说，想治好这样的慢性病，就再不能住到原来的地方。于是这里渐渐荒了，只剩下老掉了牙还不明白什么是风湿的人，还有我们这些孩子。周末大家都像过年一样聚集在岸边，看谁的父母会摆渡过黄河回来。

我的父母是不会回来了——母亲又找了个男人，父亲挂在他们济南那个家的房梁上。已经这么久了，他大概已经变成块让人垂涎欲滴的腊肉——但我总会陪别人一起去河边，为他们父母的归来声嘶力竭地吆喝、欢跳，他们都很喜欢我，夸我是专业喝彩的。

我在济阳的家里有只黑猫，她很神气，每晚带一条虎皮眼罩，披着金色的斗篷倚在床沿上修她的指甲。修一会儿就把手指平伸出去左看看右看看，她时常幽怨地对我说："你们这些小孩儿，是不会懂的。"

我一直不知道，她说我不懂什么。

有天她对我说，"你应该去找她了。"

"谁？"

"你姐姐，你妈的另外一个女儿。"

于是我知道了，在嫁给我父亲之前，她还有过另外一个女儿。我丁点儿也不怀疑那娘儿们能干出这样的事来。就像有人在眼睛里撒了一小杯牛奶，我在对母亲模样的努力回忆中沉沉睡了，那晚，我第一次见到她。

小镇上的街市，摆满了花花绿绿的水果，人群拥挤，我一下子就知道，是去找她的。她回头笑我，拉着我的袖子，长发束在脑后，脸膛黑亮黑亮的，我说："你看，你长得都不像我。"她又笑了，亲了亲我撅起来的小嘴巴。那么甜，直到醒了还在甜。

天蒙蒙亮了，黑猫收起她的小锉刀，一副意料之中的神情说："见过月芽儿啦？"

我咂砸嘴说："就是她么？"

我常在黑夜里和她一起溜出来，悄悄关上门，好像有谁监视一样，蹑手蹑脚。月光下的世界是银子做的，神秘、安静、诡异，即使有活物存在也是不正常的，那么有味道。深夜能动的东西都像一团酒精，靠近就会把你灌醉，远离就能看到它爆炸的烟火。

我在月光下穿着银做的盔甲，身背长弓，那弓也是银子的，披着长发，我的头发也是银子的，我的头颅也是银子的，脸是一帘清水，我做表情的时候水波荡漾，带着妩媚和杀气。冰冷的，可以穿透别人的心。黑猫对我说："拉圆你的弓，姐姐在天上看着我们。"

三年了，黑猫一直在修剪她不断生长的指甲，不断以修剪指甲的耐心对我说："你为什么还不去找她？"这只傻猫，那个梦里的姐姐，我根本不知道她住在哪呀。

我知道，她是不会告诉我的。

"看到啦？"她坐在河边，两只白皙的小脚丫伸进河里，黄色的河沙不停地在她脚面抚过，又流走。

"看到了，那天我赶到他们住的地方的时候，爸还在梁上挂着。没有痛苦，我只是想，今后我要一个人生活了。"

"又见她了吗？恨吧？"月芽儿侧脸看着我。

"不恨——后来又见她了，我说妈我要钱，她塞给我几十块就走了。"

"以后还是会见的吧？"

"即使再能见到，也不过是说，妈我要钱。"

"不如，杀掉她吧。你看，我得癌症那么久，她都不肯看我一眼。"我回头看她，发现月芽儿的头发黄枯了，牙齿掉了。

"也好啊，不过……不过也好。"

从梦中醒来，脸上布满泪。窗台没有黑猫的影子，只有一弯月牙儿。我使劲闭上眼，回到刚才的梦中。

月芽儿站在一棵大树底下，头发掉光了，眼圈是青的。她抓住我的手说："若斯，我快死了，你一定要帮我找到他。"

又要找一个人，月芽儿，我什么都不知道啊。"找谁？"

"我曾怀过一个孩子，打掉了。后来我在医院找到，埋在这里了。你帮我找到他，好好把他养大。那段日子，走在街头听商店里放那首歌，亲亲我的宝贝，我就忍不住地哭、忍不住地吐。他就埋在这里，你带他走吧，我的手没有力气了啊。"

她的手很有力气，抓得我死死的，指甲嵌进了我的肉里。

"我先找到你再说吧。"我对谁都没有怨恨，对于杀死自己的母亲这样的事也毫不排斥，因为我本已经闲得浑身发痒长满青苔，像个绿毛水怪，把每个周末为别的孩子迎接父母回家而鼓掌当做一周唯一的乐趣，对于自己做主角的提议，还能有什么拒绝的力量？

可我依然没有行动，并且很快就忘了。别人家的孩子都去上学了，我还在漫山遍野地跑，我采了长了甜的红豆豆的草，满满抱一怀守在小学门口，等他们放学了就分给他们吃。他们吃了，我就鼓掌。

这件乐趣十足的事被耽搁了一段时间，原因是村官一直往我家跑，说："兰老太太，你不能不让孩子上学啊，九年义务教育，必须得上的。"

"义务教育？孩子就在那，你带走就好啊。"我奶奶很大度。

"还是要交一点学费的，孩子还要买校服什么的。"书记很上瘾。

"什么？"我奶奶耳朵不好，往后就听不到了，无论他说什么，她都答应他说，"什么？"

他来的次数很多，多到我想起来要款待他。我到山坡上去捡牛粪，用醋泡一天，晾干掰碎了泡茶给他喝。他喝的次数多了就不来了。最后一次他走的时候说，"活该！"

这件事占用了我相当长的时间，等我想起来再去捡山果给他们吃的时候，他们已经不认识我了。我给他们拍手的那些人，那些吃过我果子的人，一个一个从我身边走过，一副从来没见过我的样子。那天，我把山果埋了，再不去了。

你知道吗，对于我这样的女孩，这是一件多么伤人心的事？当你执着地把讨一群人的欢喜当做你生活的喜好和追求的时候，那些人不用一句话就告诉你，你的一厢情愿让人厌恶。他们不仅不领情，不愿意，还避之唯恐不及。他们完全是一堆不懂得你心意，只能毁了你童年梦想的蠢货。

我失落了很久，躲在自己的小屋子里，不去山上找那些羊啊牛啊和山果儿们玩，虽然我很想它们。曾有那么一会儿管不住自己，怕那些羊啊牛啊山果儿们啊没有我会寂寞会痛苦，会想我想得流下泪来。我怎么忍心它们和我一起痛苦？于是我趁别人没看到的时候偷偷溜出来，好像有人在监视我、强迫我似的，偷偷趴在山坡上，看它们是不是已经手足无措，到处寻找我的影子。

它们没有，它们过得很好，坦然、舒适、春风得意，好像从来没有若斯存在过一样。看来，这个村子不需要我。我原是一个可有可无、不去上学的小疯子。

我偶尔会走过一面镜子，然后走回来，看看镜子里面那个可爱的人儿：乱蓬蓬的短发，睫毛盖住了整个眼睛，鼻尖翘翘的，小嘴巴调皮的歪来扭去。哦，那就是我啊，多么招人喜欢。我凑上去，亲亲她的嘴，冰凉的，带一点灰尘的味道。

他们都成了学生，和我不一样的人，有了渐渐明确的未来，就像一列踏上铁轨的火车，从哪里来到哪里去，全部一清二楚。而我没有这样的火车，我有这个小院子，院子里的一切，和外面的漫山遍野。我认识这个村子所有的，和外面偶尔跑来的狗，它们的来龙去脉，我也一清二楚，就像那些学生知道自己将来要上中专或读大学，然后到济南去工作。

虽然在这个村子里已经住了十多年，虽然黑猫和月芽儿每夜告诉我，你应该走啦、你应该走啦，虽然我不想像他们一样，自小就跑在一条别人划好的铁轨上，但我还是不想离开。这个小村子里有什么值得我留下的我不知道，或许只是习惯了的腔调和味道，习惯了的石头矮墙和车辙明显的小路，习惯了我爬别人家的树和墙头时，他们不会怪我，只是指着我说："若斯，我煮了玉米，你要不要吃？"

我说不要，我要够那颗石榴。你们要不要吃？

就是这样啊，我恋着这个鸡犬相闻的小窝，不忍离开。

五年五年又五年，他们小学毕业了初中毕业了，有些人走出村子扛着包裹坐着长途车读高中去了，有人买了拖拉机大货车去下地去做运输了。在村里跑来闹去的孩子换了一茬又一茬，不换的只有我。他们会在黄昏一哄而散，跑前回头看我一眼："若斯，我们家煮了毛豆呢，你要不要吃？"他们和几年前的孩子一样，会站在黄河边等父母回来，而我只能在村里漫无目的地逛。

只是那天，那个闷热的下午，似乎有场大雨就要来了，他背着书包拎着包裹回来了。我说大吴你回来了？他点点头。我说，你考试可好吗？他说好。我说在那上学可好么？

他扔了行李扑过来按住我的头说："不好，不好，一点都不好。我不是他们上学的机器，为什么要去？为什么要答他们出的卷子？为什么说我是好学生？为什么要走出这个村子被人看不起？"

"疼，大吴我疼。"他的手指就在我嘴边，我很想咬他的手，不知道是不是因为他脱了我的衣裳。

大雨倾盆而下砸着我的脸,发丝缠在嘴里,指甲里抓满了黄色的泥。大雨也砸着他的背,冲刷着我的血。雨水顺着他的下巴流下来,滴在我的脸上,我说:"大吴,你在外面学的就是这个么?我很疼啊,你还记得我摘山果儿给你吃么?你怎么能这样对我呢?"

他摸着我的脸说:"不疼了,不疼了,就快不疼了?"他撒谎。

一道闪电划过,他提上裤子就跑了。

"血,你腿上有血啊,去塘里冲冲。"我喊他,他头也不回地拼命跑了。我很想哭,没来得及问他,当初他们为什么不要我的山果了。

那晚,雷雨交加,奶奶对我说,"大家都看到了。"我不做声,过了一会儿她又说:"大家都看到了。你在这里呆不下去了,回幽州老家吧。"

你现在明白了吧,我就是因为这个到那儿去的。我在村子里喊了一声,我去找"前不见古人,后不见来者"啦,然后坐了六个小时的火车,六个小时的长途汽车,夜里爬了很久的山,然后在清晨的微风中站在一座古老的故弄玄虚的城门前。

那里静悄悄的,像故乡大人们熟睡的午后,只有风,像有两个人在你耳边悄悄接吻,听得到唇划过舌尖的黏腻。幽州,是一个和济阳一样的村子,每个人脸上都刻着周朝九州的地图。

我在这里转来转去,随便找个空了的院子住了进去。那个院子就在娘娘庙的后面,三棵大树和一片杂草的中间——而所谓的娘娘庙,不过是间十来平米的没有窗的幽暗小房,娘娘塑像被砸烂了半张脸,这里的人丁也不再兴旺。小村的人们像忘掉了这里，习惯绕道走，娘娘庙成了他们心理地图上的一块空白区。

很多时候，你与某个人开始了一段属于你们的故事，不知从哪一刻起，你就会开始篡改、编织你们的开头、过程，甚至结尾。你们合作谈了同一场恋爱，分别讲出来的却是两个故事。我已经不记得和风间怎样开始了我们的故事——我那时那么小，还不知道男人是怎样一种动物，不知道我会怎样对待他，更不知道我们要面临的是什么。

刚到幽州那段日子，我还很勤恳地打听奶奶，打听有没有个叫月芽儿的女孩儿存在过，不过，每一次，他们都用初春慵懒的阳光一般的微笑把我打败了。好吧，我只当她们从未存在过。或许在这儿的日子久了，她们就真的从没存在过了，黑猫也是。

于是很快，我也习惯了围上一件棉大衣，蹲在村中央最宽阔大道的青石板上，也摆出一副痴呆的表情，欣赏太阳怎样奇迹般地从某个位置升上来，再在某个地方消失。夏天来了，我换了衣裳；秋天来了，我换了衣裳；冬天来了，我换了衣裳；春天又来了，我换回了衣裳。一年过去了，它并没有显得更旧一点，而我也依然年轻。我相信，在这里我找到了永恒。

那天，风间夹在两三个人中间走进村子，我的眼睛闪闪发光，从横七竖八窝在青石板的人群中站起来，盯着他们。终于，从这个村子外走进人来了，我像他乡遇故知一样兴奋。不自觉的，我走上去，问他们："你们找谁？"虽然我在这里一年了，还一个人都不认识，我只知道，从哪个院子的哪间房里，能偷到吃的东西。

"谁都不找，只是来看看这个地方。"

"可我是来找人的,找我姐姐,还有奶奶。"是的,我就是来找她们的,一点都没有撒谎。

"找到了吗?"风间笑着问我。

我摇摇头:"一年了,还没找到。"

"你可真有耐性啊。"他说完,就和他们一起走了。我尾随在后面,一整天,我告诉自己我原本就是和他们一起的,而不是像他们想的属于这个村子。我像一棵从济阳移植到幽州的草,我想对他们说,把我移到花盆里,带走吧。

我是一只摇尾乞怜的小狐狸,认定了那个叫风间的男人,让他带我走。我有一整天的时间,实现我的愿望。

风间没实现我原本的愿望,而是,留了下来,住到了我的院子里。他说,他喜欢这个地方。他是喜欢这个地方吗?才怪,他肯定是看上了我。我青春年少,像一株扑簌绽开的花儿朵,他太爱我了,不敢摘走,只好留下来,蹲在旁边,盯着我,给我浇水。

姐姐,你是让我来等他的吗?

青春勃勃的生机啊,是春天骚动的风,是夏天流动的云和雨,是巫山低吟的神女,是肚子里不合时宜的小宝宝——于是,我只能跟他一起回北京城,让它被面无表情的医生轻巧地拿走。他说:"我们不要回去了好吗?一年了,我也该去工作了。"

"一年了,你已经厌烦我了是吗?"我知道,我已经不是那朵花,一年来他也一定变了许多。

"你不是原本就打算跟我走吗?这里是我原本应该待的地方啊。"风间说得真是轻巧,全然不认账了。

"这里原本就是你应该待的地方？我们的小院子就不是你应该待的地方吗？原来你一直在骗我。"他把我骗了来，或许连送回去的兴趣都没了。"那里才是我们的家，你喜欢这儿吗？你喜欢这些穿着超短裙来医院的女人吗？"

风间握着我的双肩，盯着我，很久没有说话——我的头发一团糟，发型和美杜莎一模一样——"我们回去。"他终于说话了。

颠簸的长途车，靠在他的臂上，我问："你永远是我的风间吧？"

"会的。"他回答。

我放心地笑了，却不知道为什么，从那天起，我相信我的风间永远丢在北京城了，跟我回来的，不过是貌似他的另外一个男人；从那天起，我开始夜夜在梦里回到济阳了，回到黄河岸边的小村子，回到挂着爸爸尸体的他们的家，回到摘果子的山坡，回到大吴扯烂我衣裳的雨天。在梦里我哭啊，在梦里我叫啊，在梦里我开始惊恐万状，大声呼喊着把我们俩叫醒。风间紧紧抱着我，抚摸我的头发，不怕啊不怕，一切都好了呀。

一切再不会好了。

风间开始在家写稿，每隔一段时间就要回一次北京，取稿费，再采购些东西回来，有吃的，有玩的，还有送给我的好看衣裳。我们再不必一年到头窝在被子里，只在出去弄吃的时候裹一件大衣了。

他每次离开，我都在家里焦躁不安、提心吊胆；他每次离开，我都相信他不会再回来了；他每次离开，我都蹲在村中大道那块青石板上，期待着像第一次遇见他时那样迎接他的到来。当他拎着大包小包的身影再次出现在村口，谁能理解我的兴奋啊？我像小鸟一样飞过去，跳进他怀里——担心的事，终究没有来啊。

我擦亮了桌子，把他买给我的各种小点心一盒一盒摆上去，每次看到，心里就满满的。他总是帮我打开盒子，说你吃啊你吃啊。风间一碰那些可爱的小盒子，我就要大叫，一直不停歇地声嘶力竭地叫，因为我知道，那些小点心，吃下去就没了，或许都吃完，他就该走了，而我，什么都没剩下。等风间离开我的那天，起码还有这些漂亮的吃的和叠在床头的花衣裳一直陪着我。它们是我的了，永远不会失去。

后来我知道，我知道，接下来的日子，让他受苦了。

有天从北京回来，风间带回来一笼子小仓鼠，它们开始还瑟瑟抖着挤成一团，没多久，就争先恐后的到转轮上玩去了。这个家里终于多了些生机，在他写东西的时候，我也有了解闷的东西。我时常会开心地叫起来："风间快来看啊，有两只亲起来了，它们在接吻呐。"

他回头看我一眼，笑着说："好玩吧？"然后又埋进电脑里去了。

他是希望这群仓鼠能分散我的注意力，可他哪知道，我一直都在背后盯着他呢。风间，我盲了，什么都看不见，我只能看见你啊。

那段时间，风间夜夜咳，半夜摸索着爬起来找水喝。他握着我的手说："若斯，天冷了，我们去北京吧。你醒着吧？我还有些钱，我们可以在那儿合租个不错的小屋子。"

"不要，不要离开我们的家，这儿是我们的。"我圆睁着眼，盯着屋顶的稻草。

"只要有你，有我，我们在哪儿，哪儿就是我们的家。"

"不要，去了城里，你会嫌弃我的。只有在这儿，只有我一个年轻的女人，你只能爱我。"我微笑了。

"我们在一起这么久了，难道还会分开？"他抚摸着我的手，"回去吧，这里好冷啊。"

"我想奶奶了"，我哭了，"我爸爸死了。我爸爸死了，我妈妈跟别人跑了，她不要我了。你也不要我了么？"

"不回去了。明天我去取趟稿费，在家乖乖等我啊？"风间还是在咳。

"若斯每次都很乖的。你要快点回来。"我甜甜地睡着了。

他并没有很快回来，而是迟了一天。我等到黄昏，他还没回来，那时候我相信他不会再回来了，他说过很多次了，他想回城了，他厌烦我了——他就是这个意思！他不会回来了，他再不会回来了。我执拗地在深秋的青石板上等着，山上的风呼呼吹着，不远处的森林里传来一阵阵奇怪的叫声，我害怕，我伤心，我的男人跑了。

终于，太阳升起来了，往西转啊往西转啊，转到中午，他的身影又出现了，是他吗？是他吗？真的是我的风间啊，我"哇"的一声哭出来，跌跌撞撞跑过去。他的头发乱了，脸色憔悴，满身酒气，几天不见，胡子也长了一截。

"真的不能跟我回去吗？"他第一句就说这个，没有一点解释和安慰。

"你昨晚干什么去了？你是不是和别人睡了？"我捶着他。

"那就不回去吧，我认命了。"

"你连谎都懒得编了吗?你昨晚干嘛去了?"我真的怒了。

"喝酒。"

"闻出来了,你和谁喝酒去了?"

"几个朋友。"

"有女的吗?"我要歇斯底里了。

他抱住我,"若斯,我觉得,这一切,都值得。"

"和什么乱七八糟的女人睡觉,就这么值得吗?"他为什么不敢正面回答我的话呢?他明知道我在说什么。我哭着跑回去,一个一个地擦我的点心盒子。这次,他是空着手回来的。

风间躺在床上,眼泪顺着脸颊滑下来。"若斯,以后没了我,你会活得好么?"

我再没法擦那些盒子了,嚎啕大哭,他是已经下了决心不要我了吗?

"已经决定了吗?就这么定了吗?"我抓着他的胳膊,看着他。

"若斯,我也没有办法。"他抱住我,哭出来。

"我会恨你的,我会天天恨你的,我会恨死你的,我会一直一直骂你,直到我死。"

"忘掉我吧,你一定要快乐地生活,你想啊,明天的太阳还是会升起来,你还可以找到别的男人,比我更好的。"他的鼻子喷着泡泡,"让我们把最后的生日,快快乐乐地过完,好吗?"

我的肠子都要断了,他就一点都不怜悯吗?

趴在他身上,哭了好久,我抬起头来,摸着他的脸说:"风间,我能有最后一个要求吗?"

我抽泣着说:"我们曾有一个宝宝,被你害死了,还给我好吗?"

"我尽量吧。"他叹了口气,像再也没了力气似的。

"你一定要答应我,没有你的日子,我看着他,还能记得你的模样。"

最后那段日子,他像失去了所有力气,不再写东西,饭也吃得很少,只躺在床上,盯着窗外,咳嗽,喝冰冷的水。那段时间,我真的像瞎了,全心以为他要走了,一门心思扑在他身上,让他留个孩子给我。我一定会好好把他养大,告诉他,我爱的那个男人,不要妈妈了。

风间最后还是没走,他,永远留在了我们的小院子里,是我把他埋在那儿的。我一直不知道他病了,我竟然没想到,那迟来的一天,他是去医院了。

他没走,我走了,孤身一人,去了北京。我想去找他原本的家,他住过的地方,那里,或许还有他的痕迹,他的味道,他穿过的衣服。而我,竟然不知道他在哪儿住过,我只有,一直找,一直找。我的黑猫,为什么你从来没有告诉过我这些呢?孩子,你知道妈妈常去那家医院门外看你吗?你和爸爸在天堂还好吗?

访谈

沈浩波、巫昂、吕约：
诗人不能写诗养活自己的时代，
是诗歌最好的时代

殷罗毕

当代诗歌与民众、与整个时代的关系，似乎总是不那么美妙的。

十年前，沈浩波在北师大的朗诵会上不得不一路飞跑着朗诵完他的那些"下半身"诗行，因为身后有校方老师追赶，要把他轰下台。十年后，沈浩波在台上朗诵诗歌，没有人追赶他，只是台下突然闯进一群貌似乡镇政府官员的中年男女，他们一屁股坐下然后喝酒划拳打情骂俏。地方官员们坐在谈论诗歌的论坛如同坐在戏园，谁也不听他的诗。我们不知道，在这两种场景中，诗人沈浩波会更倾向于选择哪种局面。

当然，诗人与人民群众之间并不总是如此剑拔弩张、互相鄙视，情况也有不那么糟糕的时候，当这人民群众是另一些人民群众之时。

在一片敞开的室外舞台上，沈浩波在舞台上喊着"淋着淋着／就淋成淋病了"时，台下围观的众多年轻人中有人不禁惊叹道："摇滚诗人！"吕约在朗诵"有人死于白喉，有人死于打雷，有人三十九岁无疾而终，在我们家族，谁也没有死于爱情"之后，有两个大学生模样的小女孩围上来告诉她，她们喜欢她的诗歌中那些女人独有而细微的感受。巫昂的一沓诗集《需要性》也在那个燥热的下午被文艺小清新们索取一空。而当朵渔在朗诵他的"只有爱情还在救死扶伤"时，一位周庄当地骑着自行车路过的农村妇女停了下来，用脚撑着单车，在那片空地上足足听了半个小时。

这是在4月的周庄，摩登天空诗歌音乐节。文艺青年们从上海成群结对坐着大巴来到周庄，他们或许只是准备来听民谣的，但此次音乐节中特意安排的诗歌朗诵环节，让文艺青年们吃了一惊。因为他们听到的绝不是他们所惯常以为的柔情诗意，而是奇特的嚎叫和乖戾不安的句子。在一片敞开的空地上，在人民群众面前公开朗诵的诗句，显示出诗不仅是青春期的纯情，更是如此一种野蛮、野生、进入了中年、进入了世俗生活依然充满力量的生命。

对于诗歌和诗人，绝大部分人民群众总是误解重重。这些习以为常的误解与偏见，导致了民众甚至大部分文艺青年们所以为的诗歌与诗意和诗人们所认为的诗歌与诗意相去甚远，导致了我们这个时代中的整体社会与永远作为一小撮的诗人的紧张关系。因此，以下这些似乎并非纯粹诗学意义上的问题的澄清，对于我们真正认识诗歌而言却是意义重大的。在世俗的日常生活中，诗人们的诗歌是如何具体产生的？他们是如何看待自己的诗歌与整个时代以及庞然的现实世界的关系的？在摩登天空诗歌音乐节，在周庄的小饭馆和度假村中，殷罗毕先后与沈浩波、巫昂、吕约就世俗生活中的诗歌问题，展开了一场以最彻底的逻辑回答为追求的彻夜长谈。

抓住一个自杀的诗人，庸众就得救了

殷罗毕：第一个问题是替别人问，问这种问题的人民群众还挺多，吕约在北师大朗诵诗歌之后，好多小女生也这样问。诗人是不是都特喜欢自杀，诗人的情商是不是都特低？

沈浩波：人类有哪些不同种类的人，诗人就有哪些不同种类的诗人。人类中有喜欢自杀的人，诗人中也有喜欢自杀的诗人。但他自杀并非他写诗写得自杀，他不写诗，他可能也会自杀。至于情商嘛，诗人的情商是所有人中最高的，因为情商就是对他人感情的敏感和反应，诗人的反应是最敏感的，情商之高，当然是无与伦比了。

殷罗毕：我继续替别人问一个问题。人民群众认为诗人都是神经病，而接近文化圈的人则往往认为诗人都是各方面特成功的人士。诗人在文字上敏感、在思维上敏捷，是不是做什么都特别容易成功？比如你写诗，然后做出版，就有优于常人的某种优势？比如钟鸣，他做古董收藏，他就说自己因为写诗，练就了敏感的眼光，看什么都特准，真古董还是赝品，一目了然。

沈浩波：我认为钟鸣有吹牛的成分。术业有专攻，搞古董，其实还是得学关于古董的鉴定知识，在古董行业里具体打磨才行。比如我做出版，选怎样的书，怎样运作，其实和写诗没多大关系。但写诗的人，确实几乎都是些人精，所以干什么其他的事情，当然也更容易成功些。当然，也有木讷、弱于交往的，经济上困顿的，但任何一个人群中都有困顿的人。诗人中有困顿的人，并不等于诗人都是困顿落魄的。

殷罗毕：你的澄清很清晰，但你的澄清十有八九将是无效的。你肯定不是第一个澄清诗人真实形象的人，但媒体和人民群众永远把诗人当作一种标签，当作一种幼稚、无能、神经质的形象代表。一个杀妻自杀的顾城，一个自杀的海子，便让媒体和人民群众认为，诗人都是有强烈自杀倾向的人，诗人都是情商和人际关系上的低能儿，现实生活中的低能儿。即使有更多的诗人有着完全不同于此的生活，但媒体和民众几乎都不会关心。

诗人在公众之中的那种神经质、低能儿的困顿形象，几乎可以说并不是来自媒体和民众的无意识的误解，而是来自一种有意识的解读。这种有意识地将诗人低能化和困顿化的冲动，在于民众几乎难以接受这样一个事实——一个人可以同时是正常人，又是富有诗意的人。换言之，那些不懂得诗，在自己的生活中几乎没有诗的人，难以接受他人可以像他一样甚至比他更从容地承受世俗生活，同时又进行着一种甜蜜而快乐的诗意的生活。承认这一事实，其实就是承认大部分无诗意的人都是失败的人。因此，抓住一个自杀的诗人，庸众以及庸众的代表大众媒体就得救了。自己的生活中没有诗意，是好的，因为诗意是幼稚而危险的。这样，他们自己的无能和失败，就被挽救了。

沈浩波：你说得很对。但我倾向于对大众的看法不予理睬。

一个女人可以睡了五十个男人，但看到诗歌写下半身照样痛骂下流

殷罗毕：我刚才的说法，并不是针对诗人的诗歌问题，而是针对大众的无诗歌的问题。所谓困顿的诗人形象，其实是大众自己的心理问题的投射，但有的诗人自己也纠缠在这种问题里面。比如伊沙今天还朗诵了《饿死诗人》，仿佛将这作为一种诗人的自我宣言。

回到关于诗人和诗歌的问题。你在2000年的时候，和巫昂等人一起创办《下半身》，当时关于下半身的写作对于普通读者是一种强刺激，现在十年过去了，中国人在身体实践方面已经全方位展开，你认为下半身写作还有当年的意义吗？

沈浩波：首先，我不认为中国人的身体实践已经真正地全面展开。（殷罗毕：相比十年前，有了全面展开的态势。）更为关键的在于，一个女人可以睡了五十个男人，但拿一首写下半身的诗给她看，她照样会被刺激到，痛骂下流。她睡了五十个男人，但她不认为自己的做法是对的。做归做，但一旦要公开地说，要在诗歌文学中直接去表现、表达，他们就认为那是不道德的。写诗的时候，最好还是写些花啊、高山啊、小河啊，那样才是符合诗意和诗歌的题材。

殷罗毕：因此，或者我们可以断言，绝大多数中国人都患有不同程度的精神分裂。他们在面对自己时，身体和心灵，身体和头脑都是分裂的。尽管从2000年以来，有了卫慧、有了木子美，但中国人的身体并未真正解放。真正的身体解放，应当是从意识层面上对于身体欲望的承认。没有这个，也谈不上解放，只是放纵。中国官员以及普通人的性放纵，和美国六十年代的性解放，完全是两码事。

《蝴蝶》的最初诞生地，在餐厅里的厕所

殷罗毕：十年之后，你的下半身写作与当初相比，其中的变化是

什么？当初是在学校宿舍，在小酒馆、一帮朋友一起写诗，那么在谈生意，在酒席上、在某些呕吐物和啤酒沫的气味中也会有一首新诗的念头出现吗？

沈浩波：我近期的一首诗《蝴蝶》，最初的触动就来自餐厅里的厕所。当时我一抬头，看到小便器上方墙头的一副版画，那是一只蝴蝶，翅膀画得很小，蚕蛹般的身体画得很大，软绵绵肉呼呼，极其丑陋。当时我就一个激灵，在一瞬间，我明白，那挂在小便器上方的丑陋的蝴蝶，就是我自己。于是，我写出了《蝴蝶》。

很多人以为我做了书商，就不再也不可能写诗了。在饭桌上，我经常被称为"著名出版人、前诗人沈浩波"。事实上，做了生意、赚了钱，同样是诗人，我一直都未间断地在写诗。

在每天的生活中，你总会感受到很多触动你的、神秘的东西，这些材料你一时间可能没有写出来，但不会消失，会沉积在你身体里。但这些触动或体验其实也只是由头，真正的诗歌展开之后，可能就进入了一个宽广的世界里去了。

成年之后的磨损，带来诗歌真实的质感

殷罗毕：从一个学生变成一个书商，你的诗会有什么区别？世俗生活的忙碌，年龄的增加，在一定程度上显然是会产生影响的。

沈浩波：是的，最基本、最直接、最简单的诗意，其实就是停留。日常生活中，带着某种目的在行动，但你突然停住了，目的被忘记，你对着天空、街道或某片树叶凝视，你会发现原先生活中从未注意到的东西，这种感受就是诗意。在学生时期，我们常常会处于这种无目的的停留状态，天天都有天真而有趣的感受，让你可以去写。但独立谋生之后，你越来越匆忙，停留越来越少，无可避免地，你对事物原初状态的感受力下降了。事实上，我确实是被磨损了。无论是身体感官，还是精神，都被磨损了。现在，你的身体是不干净的，你的精神里面是混杂着各种世俗世界的沙砾，但这种磨损的生命会成为你的底色，你的文字较之青春时代的会更有质感。

殷罗毕：到了成熟之年，除了磨损、不再爱诗歌而不写诗，是否还存在另一种失去写作的可能性。那就是你感受到太大的冲击，太多太大的现实，尤其是现实的恶，这个现实的恶完全压倒了你的诗歌，使得你的诗歌变得无足轻重。你是否也有过类似的感受？

沈浩波：是的，现实的力量很强大，但如果你对诗歌本身还有爱，那么你还是会去寻找诗歌的力量，因为诗歌的魅力和现实还是有所不同的。

殷罗毕：或者，我们可以换一种提法，那种磨损你肉体与灵魂的力量，那种压倒性的现实，能不能成为一种更为强有力的诗歌的材料？有没有可能，对诗意的敌人加以利用，使其本身成为诗歌？

沈浩波：我认为如果有意识地去利用现实来处理成为诗歌，那会是危险的，可能写出来的也不是诗歌了。我认为诗歌的启动，还是来自一些生命直接、微妙的触动。但在触动之后，在你的写作之中，三十多岁的成年人肯定与二十出头的学生是完全不同了，那些磨损，那些现实力量已经成为你写作的一部分，但这种表现是在写作中自然而然出现的，而不是有意识地去写那个庞大的现实。我认为，诗歌和所谓的现实以及表现现实毕竟不是一回事。

面对庞然大物的现实时代，我们没有同样庞大的《神曲》

殷罗毕：我所说的并不是去表现现实，而是让诗歌的世界变得更庞大有力，有力到在结构和内在能量上可以与那个现实世界相平衡，甚至将现实世界卷入到诗歌之中。其实，每个诗人都知道有这样的先例，那就是但丁的《神曲》。

沈浩波：在那个年代，《神曲》这样的作品，对于它的同时代人而言，它既是新闻，又是故事；既是政论，又是自传；既是历史，又是抒情……

殷罗毕：又是诗。

沈浩波：对，又是诗。那样的时代，所有的文字分工都还未形成，因此有一种巨著和巨人类型的大诗人出现。能那样，当然是最牛的了。但我们做不到，就不要急着做大的东西，先从自己感受到的做起。如果直接奔着那个大的去，会很危险，未必是好事。

诗人不能写诗养活自己的时代，对于诗歌是最好的时代

殷罗毕：最后，问一个相当世俗的问题，仅仅依靠写诗，有可能活下去吗？

沈浩波：我一辈子到现在所有的诗歌稿费，加一块儿，可能就够我活一个月吧。一个月之后，我就得死了。

你不可能靠诗歌来谋生，写诗就变成一桩极其纯粹的事情了。我与你互相认识，成为可以谈论诗歌的朋友，仅仅在于我们互相承认对方的实力，你的诗歌让我感到钦佩。因为我们除了对诗歌本身的欣赏之外，不可能拿诗去干任何别的事情。

当然，有一种情况，你是可以靠写诗吃饭的。你写那些可以在官方主流刊物上发表的诗歌，进作协，在作协混个官做。拿作协的薪水，拿政府颁发的文学奖金，比如鲁迅文学奖之类，那个奖金有很多钱啊。

还有人抱怨中国没有《纽约客》，毕晓普在《纽约客》上发一篇诗，就有好几千美元，足以舒适地生活。问题首先是，如此抱怨的人有没有达到毕晓普那样的水准。而且更为关键之处在于，没有《纽约客》比有《纽约客》更好。因为即使在美国，也只能有一本《纽约客》，如果这本杂志成为了精英写作的标杆，那么所有的写作者往往会有一种不自觉的倾向，以《纽约客》的风格作为自己的潜在倾向，这无论对于诗歌抑或其他任何写作都是有害的。

殷罗毕：你会不会羡慕中世纪？那年头，诗人受贵族邀请，住在古堡里，成年累月不经世事，只为锻炼诗句。或者如李白那样，到处云游，各处都是敬重诗歌的地主和员外，有招待酒席和银两赠送。

沈浩波：中世纪的诗歌，主要是抒情，无论是西方还是中国中古，写个夜莺，写个爱情，大家比赛的就是抒情的极致。那么，在贵族的古堡里，在一种脱离世俗谋生的单纯环境中，抒情是可以越来越纯化，越来越有想象力的。但我们当下的诗歌，不可能再是单纯的抒情了。你需要更多的世俗经验，你需要和他人、和现实的摩擦甚至冲突，这些都是构成你诗歌的基本材料，如果你还是住在古堡里，那么你不可能写出在当代诗人看来真正成熟的诗歌。

所以，我们现在这个诗人不能靠写诗养活自己、也不能靠别人养活的时代，对于诗歌而言是最好的时代。

在周庄的小饭馆与沈浩波对谈完毕之后，殷罗毕又在度假村找到巫昂和吕约，他先后与这两位女诗人展开了深入而彻底的对谈。

当时所有写诗的大学生都在写麦田

殷罗毕：我注意到你今天朗诵的诗歌，都是2007年以来的作品，除了身体，你主题的光谱其实是很宽广的，比如《犹太人》，比如移民经验等。那么，当下你如何看待《下半身》最初创刊时的写作？

巫昂：在2000年《下半身》出现之前，当时诗歌界处于一种虚假的诗歌观念之下。这种观念认为，诗歌只能是抒情、形而上的，身体欲望在诗歌中是被阉割了的。他们认为有着一种特定的主题，写那个主题，你写出来的才是诗歌。

殷罗毕：能举一个具体的例子吗？哪个诗人？

巫昂：海子。可以这样说吧。

当时我在复旦，几乎所有写诗的大学生都在写麦田、写天空、写鲜血和牺牲。我的一个同学，完全是上海城市里长大的孩子，从来都未见过麦地，甚至分不清麦子和水稻，却在那里写了几百行关于麦子的诗歌。

一个来复旦参加诗歌聚会的学生，在那里对着我们信誓旦旦，说"我决定要把自己的血献在民族的祭台上"。这真是可怕，牺牲献祭可不是随便说说的事情，但当时到处都是这种情绪激昂的年轻人，所谓的诗人。我认为这是一种不真实的情绪。

在《下半身》真正出来之前，在那种气氛下，我们都不知道该怎样写诗。沈浩波当时还写了很多类似欧阳江河风格的诗歌。但我们突然发现，诗歌就是我们自己的感受，就是我们自己的身体，而不是什么海德格尔之类的那些玩玄的东西。

就这样，沈浩波、朵渔、轩辕轼轲还有我几个人，创刊了《下半身》。

殷罗毕：当时，其他诗人对于《下半身》是什么反应？

巫昂：在一个诗歌评论家的回忆中，他说他在一叠寄来的杂志刊物中看到有《下半身》，他自己就把杂志从客厅扔到垃圾桶里去了。还有一位女诗人，在一次刊登出来的谈话录中这样说，"居然连《下半身》这样的东西都寄到我家里来了。"仿佛淑女的香闺被一个流氓闯入了一样。

殷罗毕：那个女诗人是谁？

巫昂：舒婷。

殷罗毕：连舒婷都寄？有这个必要吗？

巫昂：她也算是诗歌界的前辈吧，我们其实也是出于尊重。其实，他们的这种愤怒和排斥，也恰恰是"下半身"写作本身这一事件的一部分。我们需要和顽固板结的所谓诗歌美学发生冲突，他们的反响是我们所乐意看到的。

外贸商人也会带给我诗歌的刺激

殷罗毕：除了写诗，你也做其他很多营生。比如心理咨询、灵修辅导、手工产品工作坊，写专栏，写小说，之前还去了美国待了一阵子。听说在五月你还要举办一个超五百人的灵修现场，在如此众多不同行业面对不同的人，这么大的人群，他们对你的诗歌会有影响吗？

巫昂：其实，写作者自己的圈子是极其同质化的，如果总是在这个圈子里，你的生活将接近于一种真空。这对写作是很危险的。因此，面对其他行业的人，可能我们甚至会称之为俗人的人，那些不文艺、不诗歌的人，其实我是颇为好奇和乐意的。比如在我的心理辅导班中，有一个是外贸商人，他就会对我讲关于中国海关的很多故事，这些信息，都是对我的刺激。某些时候，可能就成了我的诗歌。

殷罗毕：但公众与诗人的冲突往往并不是因为经验上的不同，而是在价值观上有冲突，这种冲突本身也会耗损你的生命和敏感性吧？

巫昂：是的，这肯定也是一个问题。所以我不能老是待在一大堆的人群里。比如我做心理辅导，很多时候并不是面对具体的个人，而是在网上做咨询。面对一个与你观念不同的世俗人类确实是一件很麻烦的事情。比如我这次刚到周庄，就遇到一个女人，刚认识，她就问我"结婚了吗？"我的朋友都不会问我的问题，但他们一见面就问。我回答她"没结"之后，她就一发不可收拾。问为什么不结婚？连珠炮似的问下去，最后则是"那你快乐吗？"

其实，她绝不是对我的真实情况感兴趣，她需要的是，我回答她说"我不快乐"。就像最初她贸然问我是否结婚一样，她希望通过结婚这个标准来划定一个范围，如果我也是结婚了的，那么就是安全的。而当我告诉她，我没结婚，但却是快乐的时候，她其实被我触怒了，因为她结了婚，但必定又是不快乐的，因此，对于没结婚又不悲惨的女人，她是绝难以接受，乃至要咬牙切齿加以贬斥。因为，那些不按照世俗规则生活的人，却是快乐的人，就像一面镜子照出了世俗规则的失败和低能。那些开口就问"结婚了没"的女人，都在这面镜子中看到自己是可怜的失败者。所以，面对这些誓不罢休非要把不结婚必悲惨的形象往我头上扣的世俗人类，我只能敬而远之。

向男人争权的女权不是真女权，而是一种女奴意识

殷罗毕：不结婚又快乐，这对于传统世俗观念确实是一种冲击乃至冒犯，这里涉及到女权主义。许多女学者、女作家甚至女诗人，往往会带有女权的色彩，你打破了传统的家庭权力结构，但从不使用女权的标签或观念，同样伸张女性独立，你认为自己和通常的女权主义者之间区别在哪里？

巫昂：我伸张女人要独立，伸张自由和个人的权力，但我并不排斥男人。我不认为女人那些不妙的状况都是男人造成的，甚至我认为大部分责任并不在男人。

相比女人，我更欣赏男人。男人在结婚之后，还有兄弟义气。工作之外，终其一生还有自己的强烈爱好。在自己的生活琐事之外，还会海阔天空，关心世界另一头的政治和战争，把其他国家其他人类的纠纷当作自己家的事来争论。这些更加敞开宽阔的品质，都是女人所没有的。

而很多女人，一方面自己只是沉溺在几件时装、几只包包的奢侈品狂热中，享受着男人带来的物质基础，但同时又抱怨家庭的束缚。拿这种抱怨而对男人提出更多要求，甚至称此为女权。这种对男人提出更多要求，向男人争权的逻辑，其实依然是在原先的社会权力中的逻辑，不是真正的女权意识，而是一种根本上的女奴意识。

写诗就是夺回被污染的语言

殷罗毕：有一个对沈浩波、巫昂都提出了的问题，现在再提给你。在当下这个世界，你认为诗歌是有力量的吗？

吕约：如果有坦克要冲进我们现在谈论诗歌的房间，那么我们的诗歌肯定是无能为力的。如果我走在街上，因为没带身份证而被警察殴打，诗歌肯定也是无能为力的。但是，面对这种"自知无力"，我们还在写诗，这是怎么回事？是不是恰好说明诗歌又有另一种力量？这种力量，并不是直接改变现实世界的"介入"，而是通过词语，建立平行于现实世界的另一个世界,来质询、修复词语与"这个世界"的关系。

在这个现实世界上,我没有真正的自由和权力,我无法自由地穿越空间前往各种我想前往的地方居住、生活,我甚至无法自由地使用我自己的身体。但我在言词世界中的自由,从随意将两个完全无关的词语组合在一起开始,并以此为原点,创造出"另一个世界",另一种词语逻辑。我使用这个自由世界的词语逻辑,来反抗那个完全不自由的世界的词语逻辑。

殷罗毕:但语词的世界,也并不是乌托邦。即使梦中浮现的一个词,在做爱时喊出的句子,也都是从全国统一的小学课本开始被教育训练得来的。在今天,我们大部分人说到"广场"就有恐怖之感,而生活在60年代和70年代的人,提到"太阳",除了强迫性地想到毛泽东之外,几乎不会想到那个真实挂在空中的太阳。因此,我认为,语言本身就是一处需要争夺和斗争的战场了。

吕约:是的。我儿子从来都不知道自己的妈妈是一个"诗人",直到他读小学三年级时,有一天放学回家大喊,天底下怎么还有诗歌这种愚蠢的东西。他在语文课本上读了几年讴歌祖国母亲、美好生活的诗歌,他宣布,他一听到别人说到诗歌,就想吐。于是,我让他看我的那首《伴侣》,一个人和一个瘸子一起走路,自己也变成瘸子的故事,他就觉得这个太有意思了,如果是这样,那他就喜欢诗歌。一个有趣的对照是,我爸爸说,看不懂我在写什么,他很纳闷,同样是"现代诗",李肇星同志的诗歌他看得懂,所以也不能证明他不懂"现代诗"啊。越是儿童心有灵犀的地方,老同志们越是"看不懂"。

诗所依赖的每一个词语，都不是刚刚冒出来的，而是"历史性"和社会性的，也就是被各种"实用需要"所污染或囚禁的——被学校、宣传所代表的意识形态话语污染，被社会"实用语言"逻辑囚禁。使用每一个词语，都需要和它背后的幽灵搏斗。最简单的例子，当我们现在提到"母亲"时，无法指向你自己的那个妈妈，从课本到各种所谓主旋律歌曲中，这个词已经完全变成了空洞的指向。她是祖国、民族，是某个组织，唯独不是一个真实的母亲。因此，当我们需要自由地去书写一个真实（如其所是）的母亲，比如我自己的母亲时，已经没有真实的词汇与之对称了。象征的母亲，谋杀了"实在界"的母亲。于是，诗歌的写作，就成了一种夺回原初的词语，夺回我们对于自我和世界进行自由言说的权力。

殷罗毕：但从通常情况而言，教科书总是战无不胜。几十年前，它让你背诵歌颂太阳的诗歌，你不得不相信，它就胜利了。现在，它让你不得不背诵那些祖国母亲的诗歌，你不相信，但你对于母亲，对于语言和诗歌的感受被教科书彻底破坏了，它也胜利了。现在，它压根不需要你相信它，它只是不断制造污染，破坏你和真实以及真实语言的接触，它的目的便达到了。

让你没有真实的语言，亦即让你生活在不真实之中，脱离真实的生活，便是极权得以存在的基础。因为，没有真实的语言和真实的生命，你也不能站在一个真正切实有效的基础上去反对什么。你的个体存在，也就被消耗在一种虚假的语言和观念泡沫之中，剩下的就是随着看似真实的集体潮流漂浮吧。之前是革命光荣，现在是努力致富，跻身成功人士的世界。

吕约：所有以集体形式出现的话语，不管是官方教科书，还是商业广告，它们的目的就是制造巨量的话语泡沫。真实的语言被淹没，被贬值，而所有的个人丧失真实的语言之后，把自己献给那些泡沫，从中获得一种集体话语的安全感。因此，真正的诗歌，就是从个体的生命经验出发，从每一个词语出发，对语言进行质询和再次唤醒，让词语不断地回到真实之中来。尽管这种"个人的真实"不一定代表他人的"真实"，也不一定是"终极真实"，但这种对"个人内心真实"的捍卫和呈现，带来了对词与物的关系的审视，使得那些仿佛"自然而然"的东西，露出不自然的尾巴来。

最初的诗，来自失乐园之后

殷罗毕：但我个人认为，诗歌本身其实也是可能成为一种集体话语，甚至话语泡沫的。当大家都把一些无关的词语拼凑在一起，当作诗歌，当大家都使用一些比喻或者反向的比喻来抒情时，诗歌也背离了真正的真实语言。

吕约：如果你只是集体话语所制造的现成意义的经纪人，用现成的观念和修辞术来组装词语，那只是集体话语的"捧哏"而已，既不需要灵魂，也不需要什么智力。在古代，所有念过几年书的农民都会吟几句诗，1950年代"大跃进"时，还有领袖发动、官方组织的农民赛诗运动，营造出一个"全民皆诗"的政治浪漫主义乌托邦。但事实上，即使在古代，显然并不是会造些诗句的读书人或乡绅，就能成为诗人。诗人的"原型"形象，被理解为：一种对于事物和世界的敏感，一种感受力和词语想象力，以及对于言辞世界的信仰、精神凝聚和肉体投入（"两句三年得，一吟双泪流"）。

现代诗人呢？正如亨利·米修所说："混蛋们，你们不知道我使用一个词，要流多少眼泪！"巫昂刚才也提到了，她在2007年之前有一段时间没写诗，因为她当时写不出诗。根据她的描述，她"把自己的身体和精神的器官打开"，随时迎接诗的来临。这是一个现代诗人对"诗歌诞生"的准宗教式体验。在这种体验中，作者被要求向诗歌支付"灵魂"——对于当代人来说，这真是最大的成本。

殷罗毕：归根结底，我们回到了一个极其简单的问题上来了，那就是——我们为什么写诗？吕约，你最初是怎么写诗的？最初是为什么写诗的？

吕约：很多人以为我是在华东师大的校园里吹着小清新的风开始写诗的，其实我在校园里每天过得都很诗意，但并没有正式写什么诗歌。因为那时候的生活本身就是诗，就是一种大观园或伊甸园式的生活。发现一条新的小路，新认识一个有趣的人，每天都有惊奇，生活本身就是诗，所以不用再费神去写什么诗。

真正开始写诗，是我毕业去了广州之后。天真时代的乐园失去了，来到了一个火热的"现实世界"。广州当时正是一座赚钱赚到高潮的城市，每个人在路上移动都是在赚钱，一旦坐下来，就是在数钱。我当时在一所中学教书，一边是数钱声，一边是学校操场喇叭里传出的国歌和运动员进行曲，在两种声音的夹击下，我突然开始写诗了。这是一种失乐园之后，企图复乐园的冲动。

所以，我的诗，并不是"诗意生活"下的蛋，而是出现在我难以接受那个所谓的现实生活之时。也许所有真正意义上的现代诗，都是在词语与"现实"的紧张关系之中诞生的，是天真与经验的冲突之歌。而现代之前的古典诗歌，也就是席勒所说的"素朴的诗"，是人尚未从自然的母体中分离出来的诗，是子宫里的抒情。离开自然的或文化的"子宫"后，置身于现代时间与空间中的现代诗，睁开眼睛，首先面对的是经验的碎片与词语的废墟：一面是现代经验的复杂性、不确定性和多义性，一面是现成的词语无法传递这种经验。

形象才是神秘的"黑洞"

殷罗毕：现在，我想谈谈我对诗的看法了。因为，我认为你们的诗都显得太狭小，总在人类的圈子里。太多人的气味。但我认为人类之外的世界，比如我们现在脚下地板的方格子本身就充满诗意。

最富有诗意的，可能不是那些歌唱和词语，而是整个世界，整个宇宙，全部人类所由来并最终将归入其中，在时间之外永恒不动的那个原点。从这个原点，才出现了世界，但世界存在之后，那个虚空的原点依然存在，它不在我们所能看到、找到和想到的任何地方，但它肯定存在，否则我们已经存在的整个世界将是不可能的。就如同所有的物质，必定有一个最初所来的起点，而在所有物质出现之前，如果有一个起点，那个点必定是彻底虚空的。

这个什么都不是、哪儿都不存在、永远在时间之外的原点，决定了我们一切的存在。就如同种子决定了所有叶片和枝干一样，只是我们谈论的这个种子，是种子之前的种子，是最初种子粒子所由其中而来的虚空。

在这个没有地方的地方，用任何词语都会偏离我的这个目标，没有任何语言是真正恰当的。或许，彻底的沉默，才是正确的。而这恰恰是我认为的最大的诗。

吕约：你在谈论一种非人的体验，一种天文学或物理学，一个不需要人在场、不需要人言说、驱逐了人的世界。人类经验之外的事物，当然可能是极具诗意的。我和巫昂从北京飞往上海时，机舱电视里在播放一个关于黑洞的科教片，那些科学家用公式和插图在向观众解说黑洞，我们当时就感叹，黑洞和科学家的解说都太有诗意了。包括那些画在黑板上的方程式。

如果你没有去搞天体物理学研究，不是用科学语言，而是用文学语言来表达这种"非人世界"的诗意，那也是在创造一个语言的"黑洞"。

殷罗毕：但最初的诗歌，或许就是物理学。

吕约：讨论最原初的问题，肯定就是广义的"物理"。你所关注的那个时间外的不动点，可能与史蒂文斯的主题有些类似，但史蒂文斯在展开他的玄学时，事实上也使用了大量的隐喻，大量的转换性的形象，无法彻底"非人化"，这可能又是不能让你满意的。

"诗"（艺术）的语言，是从"人"的问题出发的，最终还是要回到人类世界的形象之中来。你认为离你最遥远的、那个时间之外不动的原点是最神秘、最有诗意的，而我认为形象本身恰恰是最神秘、最原初、也是最难以表达的。屁股底下的一块石头，头顶的一面红旗，是怎么回事?怎么描述它？描述之后就穷尽它了吗？就像我在《坐着》这首诗里所写的，我们每天都要坐着，一辈子要花这么多时间坐着，这是怎么回事？我坐着，你站着，这是怎么回事？事实上，无论你使用多少吨词语，你的语言和那个形象之间，永远隔着无法取消、无法缩短的距离。你无法完全地、一劳永逸地说出那个形象本身。

威廉·卡洛斯·威廉斯的"红色小推车"，很客观，这种客观恰恰是神秘的。各种各样的解释，都无法穷尽它。经验主义者要"还小推车为小推车"，神秘主义者却可以认为这个形象就是宇宙的原点：

"这么多东西/依赖/一辆红色/小推车在雨中/闪闪发亮/旁边走着/几只白鸡。"这整个世界,就是以红色小推车这个形象发动、支撑和组织起来的。

威廉斯这种呈现具体形象的诗,之所以让那么多读者感到一种新奇的魅力,就在于一个具体形象带来的整个世界感。这种将具体形象作为世界根本的态度,是与当时美国流行的另外两种倾向相对抗的,一是用夸大的"自我"来涂抹一切事物的"新浪漫主义",二是将"自我"和具体事物一起排除的"玄学诗"。

为了那个"原点"和"终极秘密",你寻遍人与非人的世界,也许最终会发现,这个世界中的那些具体的形象本身,就在你眼皮底下的事物,恰恰是神秘的、无法穷尽的。比如,你的呼吸,鼻腔进进出出的气流,是怎么回事?这是不是也是一个"原点"和"终极秘密"?

我们当代的《神曲》

殷罗毕:这回,我又要抛出那个法宝了。《神曲》,事实上就处理我关心的那个一切存在之神秘原点的主题。最后的天堂篇,所有的灵魂以玫瑰花瓣的形式互相连接、旋转,来接近围绕那个原点。在那个临界点上,人的世界正在消失,而一种人类之外的存在得到了显现。

吕约:但丁是那样想象的,同时他也是那样相信的。他写下的,不单是他自己的想象,也是一种他身处其中的信仰和他的世界。但在我们这个时代,还能不能将物理和诗歌想象合为一体,创造出一个终极的完满图景来,这是一个问题。

但当代诗歌的写作，就话语发生的起点而言，恰恰与《神曲》高度一致。因为我们都像《神曲》的开头那样，处于"人生的中途"，穿越于"晦暗的丛林"，听着各种"野兽"的咆哮。同样，我们也在"失去－寻找－获得－重新失去－重新寻找－重新获得"的情节模式中，漫游于精神的"炼狱"、"地狱"与"天堂"，在与陌生或熟悉的事物、有形或无形之物的相遇或重逢之时，激发各种心理体验：喜悦、悲伤、爱慕、恶心、恐惧、迷狂、震惊……这些心理体验不分时代，在其发生之时，都与一个词密切相关：面对他者的"惊奇"。无论这个他者是贝阿特丽采，是一扇门上的字迹，还是一个罪人的叫喊。《神曲》的语言，不是从宗教语言开始的，而是从诗的语言开始的——看什么都像第一次看见，并为此耽搁于"迷失的中途"。诗的语言，永远诞生于"惊奇"的瞬间，从这个意义上来说，我们和但丁所置身的世界图景不同，但语言的"原点"却是一致的。

所有人都是边缘人

殷罗毕：最后，让我们回到诗人这个形象。我注意到，这次参加诗歌音乐节，所有民谣歌手几乎一目了然，就是歌手，就是搞文艺的，但诗人却一人一个样，公务员、老板、水电工，各种样子都有。诗人这种身份，真是一种很有趣的身份呢。

吕约：是啊，诗人作为一种幽灵，在当代始终都是潜伏在各种其他人种之中的。而小说家、学者、工人、农民，都是自己坐在自己位置里一对一的、被整个社会体制公开认可而且有固定的身份。但诗人的身份往往是多重的，比如我在大部分人看来，主要是北京某报社的"某个人物"，在一部分朋友和读者眼里，才是"诗人"。

在现代社会的分工体系中，"诗人"已经不是一种职业身份，而是一种无法进入分工的"异质存在",在现实世界和人群中,当然是找不到椅子的。这种边缘化,也恰恰是诗人观察和写作的一个恰当位置和距离。有意思的是,正如帕斯所说的,在这个"人"不再位于意义中心的当代世界中,其实所有人都是边缘人,每个人都感到自己处于边缘的这种经验,恰恰是这个时代的中心经验。也就是说,身处"边缘"的诗歌所书写的,恰恰是现时的"中心经验"。在我看来,作为现代以来为诗辩护的诸多说法中的一种,这个"边缘位置/中心经验"的说法,并不是为了让诗歌重返想象的"中心",而是以悖论的形式,显示边缘/中心之间界线的虚幻性。

所有人——至少是在不同时刻——都拥有被从"中心"抛离出来的经验,无论这个"中心"是什么,是"权力"还是"意义"的逻辑。这是一种随时在个体身上发生的危机体验。区别在于:有人用语言表达这种经验,有人不表达;有人用这种语言表达,有人用那种语言表达;有人阅读这种表达,有人把它推开。就分工论而言,这算不算是一种"分工"?

图书在版编目（CIP）数据

痒 / 庄涤坤，于一爽主编. —北京：新星出版社，2012.11
ISBN 978-7-5133-0943-1

Ⅰ.①痒… Ⅱ.①庄… ②于… Ⅲ.①杂文集—中国—当代 Ⅳ.①I267.1

中国版本图书馆CIP数据核字(2012)第247758号

痒

庄涤坤　于一爽　主编

策划编辑：高　磊
责任编辑：高　磊
责任印制：韦　舰
封面设计：九　一

出版发行：新星出版社
出 版 人：谢　刚
社　　址：北京市西城区车公庄大街丙3号楼　100044
网　　址：www.newstarpress.com
电　　话：010-88310888
传　　真：010-65270449
法律顾问：北京市大成律师事务所

读者服务：010-88310800　service@newstarpress.com
邮购地址：北京市西城区车公庄大街丙3号楼　100044

印　　刷：三河市南阳印刷有限公司
开　　本：710mm×1000mm　1/16
印　　张：16
字　　数：185千字
版　　次：2012年11月第一版　2012年11月第一次印刷
书　　号：ISBN 978-7-5133-0943-1
定　　价：32.00元

版权专有，侵权必究；如有质量问题，请与出版社联系更换。